TYWYLLWCH Y FFLAMAU

tywyllwch – *darkness* **fflam, fflamau** – *flame(s)*

ALUN DAVIES

TYWYLLWCH Y FFLAMAU

y lolfa

Argraffiad cyntaf: 2026

Cynllun y clawr: Sion Ilar

Rhif Llyfr Rhyngwladol: 978 1 80099 812 4

Dymuna'r cyhoeddwyr gydnabod cymorth ariannol Cyngor Llyfrau Cymru

Cyhoeddwyd ac argraffwyd yng Nghymru
ar bapur o goedwigoedd cynaliadwy gan
Y Lolfa Cyf., Talybont, Ceredigion SY24 5HE
e-bost ylolfa@ylolfa.com
gwefan www.ylolfa.com
ffôn 01970 832 304

1

Mis Ionawr, 1693
Tapleyville, Massachusetts.

Mae merch ifanc yn sefyll ar **goelcerth**.

Mae rhaffau o'i chwmpas hi i'w stopio rhag symud. Rhaffau llwyd, **garw** wedi eu tynnu'n dynn am ei chanol a'i breichiau, yn ei chlymu hi at y **polyn** pren tu ôl iddi. Mae'n bolyn trwm gyda hen farciau llosgi du drosto.

Dim ond hanner wyneb y ferch sydd i'w weld yng ngolau'r fflamau. Mae'n edrych fel tasai hi yn ei harddegau hwyr, a'i gwallt tywyll hir yn **hongian** mewn clymau dros ei hysgwyddau. Hen ffrog hir sydd amdani – un lwyd gyda baw drosti, ac un **llawes** wedi **rhwygo**.

Gallai hi fod yn ferch brydferth, ond mae'n anodd peidio gweld yr emosiynau ar ei hwyneb.

Ofn.

Pryder.

Poen.

Arswyd.

Er ei bod hi wedi dechrau **nosi** mae pobl pentref Tapleyville wedi dod allan i wylio. Mae ugain yn sefyll mewn hanner cylch o gwmpas y goelcerth. Deuddeg dyn, pob un mewn het uchel a chlogyn. Tri phlentyn yn chwarae ar y llawr. Pum dynes yn

coelcerth – *bonfire*	**garw** – *rough*
polyn – *pole, stake*	**hongian** – *to hang*
llawes – *sleeve*	**rhwygo** – *to rip*
pryder – *distress*	**nosi** – *to become night*

gwisgo ffrogiau hir, syml – mae'r ferch ar y goelcerth yn edrych yn dlawd ac yn **druenus** o'u blaenau nhw.

Un syml yw'r goelcerth, dim ond **pentwr** mawr o ganghennau o'r goedwig a bocsys wedi eu chwalu.

Ond mae'r tân yn llosgi.

Mae'r brigau mân yn y canol yn goch ac oren ac mae'r lliwiau yn gwthio am i fyny. Mae mwg tywyll yn codi'n drwchus. Cyn hir mi fydd tafodau'r fflamau'n codi yn uwch ac yn uwch... yn chwilio am y ferch.

Dydy'r gynulleidfa ddim yn mynd i adael yn fuan. Mi fyddan nhw'n aros i wylio'r cyfan.

Mae'r fflamau'n cyrraedd traed y ferch ar y goelcerth. Yn dringo i fyny ei choesau. Yn ei llyncu hi i gyd.

Bydd y boen yn **annioddefol**. Os ydy'r ferch yn lwcus mi wneith hi lewygu. Os na, bydd yn rhaid i'r gynulleidfa ddioddef ei **sgrechian** hi nes bod yr aer poeth yn llenwi ei **hysgyfaint** ac yn ei thagu.

Cyn hir, bydd y fflamau'n llosgi trwy'r rhaff a bydd y ferch yn syrthio i'r tân.

A dyna fydd diwedd yr olygfa **ddiawledig** yma yn Tapleyville, Massachusetts.

truenus – *pitiful*	**pentwr** – *pile*
annioddefol – *unbearable*	**sgrechian** – *to scream*
ysgyfaint – *lungs*	**diawledig** – *diabolical*

2

WRTH **STRAFFAGLU** I dynnu ei got, **pwysodd** Ditectif Bedwyr Campbell **ymlaen** i astudio'r nodyn ar y ddesg. Gwelodd yn syth **taw** ei hen gyfaill, Sarjant Tomos Jones-Tomos, oedd yr awdur. Darllenodd Bedwyr y neges sawl gwaith, yn trio deall y llythrennau bach, blêr.

Oriel Bangor ***isie*** *i ti ffonio 'nôl. Isie siarad am rywbeth o'r enw* ***Tywyllwch*** *y Fflamau?*

Ar waelod y nodyn roedd rhif ffôn, a'r cod ardal yn dangos ei fod yn rhif rhywle ym Mangor.

Eisteddodd Bedwyr o flaen y ddesg, ei gadair yn cwyno wrth gymryd ei bwysau mawr. Tywyllwch y Fflamau? Roedd **hynny**'n... be mae'r Saeson yn ei alw fe? *Blast from the past?* Ie wir – doedd e ddim wedi meddwl am yr achos yna ers blynyddoedd.

Wrth iddo feddwl, **estynnodd** Bedwyr ei law am y pecyn yr oedd wedi dod gydag e i'r swyddfa. Roedd yr un maint â dwy nofel dew, ac ar ôl ei osod yn ofalus ar y ddesg, rhwygodd Bedwyr y papur gwyn oedd yn ei lapio. Cododd arogl hyfryd selsig ac wyau wedi ffrio o'r pecyn, ac arhosodd Bedwyr am eiliad i'w fwynhau. Edrychodd ar y tair brechdan fawr yn bentwr, un ar ben y llall, y **saim** yn cymysgu gyda'r sos coch a'r bara gwyn.

'Tony,' meddyliodd Bedwyr, 'rwyt ti'n feistr ar dy grefft'.

straffaglu – *to struggle*	**pwyso ymlaen** – *to lean forward*
taw = mai	**isie = eisiau / isio**
hynny – *that*	**estyn** – *to reach*
saim – *fat, grease*	

I Bedwyr, brechdanau **seimllyd** Caffi Tony oedd y brechdanau gorau yn Aberystwyth, a gorllewin Cymru, hyd yn oed. Doedd pawb ddim yn cytuno, wrth gwrs, a sawl un yn gwrthod mynd yn agos i'r lle. Wedi'r cyfan, doedd y 'caffi' yn ddim byd ond hen fan ar stad ddiwydiannol, ar y ffordd i'r dre, a dim arwydd o **sgôr hylendid** yn agos iddi. Ond i Bedwyr, oedd wedi gwneud tipyn o ymchwil i frechdanau'r ardal, Tony oedd y brechdan-feistr, a byddai Bedwyr yn galw heibio dair gwaith bob wythnos cyn dechrau ei shifft yng ngorsaf yr heddlu.

Sylwodd fod Ditectif Amy Skimming, oedd yn eistedd ar y ddesg nesaf ond un, yn edrych arno'n **eiddigeddus** wrth iddo godi'r frechdan gyntaf i'w geg. Roedd Amy, fel Bedwyr, yn mwynhau ei bwyd, ond yn wahanol i Bedwyr, byddai hi'n gwneud ei gorau i wneud ychydig o ymarfer corff a bwyta'n iach hefyd.

"Caffi Tony?" gofynnodd Amy.

"Wrth gwrs," atebodd Bedwyr, gan wthio'r frechdan i'w geg a chynnig y nesaf iddi hi. Edrychodd hithau ar y frechdan am sawl eiliad cyn ysgwyd ei phen.

"Dim diolch," dywedodd, er bod ei llygaid yn dweud stori wahanol. "Ond aros funud… ddylet ti fod yn bwyta'r stwff 'na? Ro'n i'n meddwl bod gen ti brawf **meddygol** fory...?"

Gyda'i geg yn llawn, **ochneidiodd** Bedwyr trwy ei drwyn. Roedd wedi anghofio'**n gyfan gwbl** am y prawf roedd angen i bob aelod o'r heddlu ei wneud unwaith y flwyddyn. Fel rhywun oedd o leiaf wyth stôn yn drymach nag y dylai fod, doedd dim

seimllyd – *greasy*	**sgôr hylendid** – *hygiene score*
eiddigeddus – *jealous, envious*	**meddygol** – *medical*
ochneidio – *to sigh*	**yn gyfan gwbl** – *completely*

gobaith **ganddo** basio'r prawf, wrth gwrs. *Morbidly obese*, dyna ddwedodd ei ddoctor y tro diwethaf buodd yn ei weld. *Lot llai o takeaways a lot mwy o ymarfer corff sydd eisiau arnoch chi, Mr Campbell.* Ond anwybyddu'r cyngor yma wnaeth Bedwyr, fel sawl gwaith o'r blaen. '**Bwyta be lici di a marwa pan ddylet ti**' – dyna oedd ei farn e, ac roedd hynny'n golygu dim dal yn ôl ar y brechdanau o Gaffi Tony na'r cwrw nos Lun gyda'r tîm darts. Ond byddai'n rhaid iddo feddwl am ffordd o osgoi'r prawf yfory, meddyliodd Bedwyr, heb boeni gormod. Roedd wedi llwyddo i wneud hynny ers saith mlynedd erbyn hyn.

Gan feddwl am esgusodion posib, cymerodd lond ceg arall o'i frechdan, a throi'n ôl at y nodyn ar y ddesg.

Isie siarad am rywbeth o'r enw Tywyllwch y Fflamau?

Llun oedd *Tywyllwch y Fflamau*, cofiodd Bedwyr, yn **cnoi** a meddwl ar yr un pryd. Llun gwerthfawr iawn a gafodd ei ddwyn oddi wrth ddyn lleol oedd yn delio mewn celf, rhyw ddeg mlynedd yn ôl erbyn hyn. Ond nid achos o ladrad yn unig oedd e. Roedd corff marw'r deliwr celf yn gorwedd o flaen y man gwag ar y wal lle roedd y llun wedi bod yn hongian. Cofiodd Bedwyr, oedd wedi gweithio ar yr achos, taw'r **amheuaeth** ar y pryd oedd bod y perchennog wedi cael ei ladd ar ôl digwydd dod ar draws y lleidr.

Nawr, beth oedd ei enw fe? Roedd e'n dechrau gyda *F*... Filton? Felsett?

Chafodd neb ei ddal am y lladrad na'r **farwolaeth** ar y pryd.

---

ganddo = gyda fe / gynno fo

bwyta be lici di a marwa pan ddylet ti – *eat what you like and die when you should*

cnoi – *to chew*

amheuaeth, amheuon – *suspicion(s)*

marwolaeth – *death*

Roedd yr achos yn dal i fod ar agor, mae'n siŵr, er bod neb wedi gweithio arno ers sawl blwyddyn.

"Amy?" gofynnodd Bedwyr, ei geg yn llawn bara a phethau wedi ffrio. "Ti'n cofio'r achos yna flynyddoedd yn ôl – y deliwr celf gafodd ei ladd a'r llun gafodd ei ddwyn? Beth oedd enw'r boi?"

"Flitcroft, on'd ife?" atebodd Amy, gan drio osgoi edrych ar Bedwyr, a'i geg fel peiriant cymysgu sment. "Montgomery Flitcroft."

Flitcroft! Ie, dyna fe.

Roedd cof da gan Bedwyr, ac fel arfer byddai'r enw ar flaen ei dafod, ond mi *roedd* hi'n fore dydd Mawrth.

Doedd Bedwyr byth ar ei orau ar fore dydd Mawrth.

Roedd Bedwyr yn aelod **ffyddlon** o dîm darts tafarn y Feathers, a nos Lun byddai e a'r tîm yn herio un o'r tafarnau eraill. Fyddai'r Feathers ddim yn ennill yn aml, a Bedwyr fyddai'r cyntaf i gyfaddef ei fod yn chwaraewr darts gwael, ond roedd yn esgus da i sgwrsio, chwerthin ac i yfed lot fawr o gwrw gyda'i ffrindiau. Roedd Bedwyr yn mwynhau ei nosweithiau Llun, er eu bod nhw'n aml yn arwain at foreau Mawrth mwy… **heriol**.

Ddeg munud yn ddiweddarach roedd Bedwyr wedi gorffen y tair brechdan, wedi golchi'r saim oddi ar ei fysedd ac wedi nôl paned fawr o goffi cryf o'r gegin. O'r diwedd roedd yn barod i wynebu'r diwrnod.

Cododd y ffôn i alw'r oriel ym Mangor, ond oedodd am eiliad a rhoi'r ffôn yn ôl i lawr. Efallai byddai'n well iddo atgoffa ei hun o'r achos yn gyntaf, meddyliodd.

Gan gymryd **cegaid** fawr o goffi arhosodd Bedwyr i'w

ffyddlon – *faithful* **heriol** – *challenging*

cegaid – *mouthful*

gyfrifiadur ddeffro, cyn agor rhaglen HOLMES, oedd yn cynnwys manylion pob achos drwy Brydain ers **degawdau**. Teipiodd enw Montgomery Flitcroft i'r blwch chwilio a daeth manylion yr achos ar y sgrin yn syth. Pwysodd Bedwyr ymlaen, ei benelinoedd ar y ddesg a'i goffi yn ei law, a dechreuodd ddarllen.

---

degawd, degawdau – *decade(s)*

3

TREULIODD BEDWYR HANNER awr yn mynd trwy HOLMES, gan orffen gyda'r adroddiad fforensig hir, sych nad oedd yn dweud unrhyw beth o werth.

Roedd Montgomery Flitcroft yn arbenigwr celf oedd wedi gwneud ei ffortiwn yn prynu a gwerthu lluniau gwerthfawr gan rai o artistiaid mwyaf enwog y byd. Ar ôl **gyrfa** hir a llwyddiannus penderfynodd Flitcroft, oedd yn ei **wythdegau** erbyn hynny, symud i ardal Aberystwyth. Prynodd dŷ mawr, drud yn Ynys-las, gyda golygfeydd dros Fae Ceredigion, a llenwi'r ystafelloedd gyda'i gasgliad lluniau.

Roedd Flitcroft yn berchen ar sawl llun gwerthfawr, gan gynnwys un Klimt ac un Matisse, ond y perl yn ei gasgliad oedd *Tywyllwch y Fflamau*, llun gan artist o'r Iseldiroedd o'r enw Maritje den Haan. Roedd y llun yma'n enwog ar hyd a lled y byd celf, ac yn dangos merch ifanc yn cael ei llosgi ar goelcerth ym mhentref Tapleyville yn Massachusetts ar ddiwedd yr ail ganrif ar bymtheg.

Ar fore'r trydydd o Fawrth 2014 cafodd Montgomery Flitcroft ei ddarganfod yn farw ar lawr ei gartref, gydag anaf difrifol i gefn ei ben. Roedd *Tywyllwch y Fflamau* wedi diflannu. Roedd yr heddlu'n **amau** bod Flitcroft wedi cael ei ladd wrth drio stopio rhywun rhag dwyn y llun, efallai ar ôl cael ei **dwyllo** i **wahodd** y lleidr i'r tŷ. Doedd dim difrod i'r drysau na'r ffenestri i awgrymu

gyrfa – *career*	**wythdegau** – *eighties*
amau – *to suspect*	**twyllo** – *to trick, to deceive*
gwahodd – *to invite*	

lladrad. Cafodd **ymholiadau** manwl eu gwneud yn Aberystwyth, yn ogystal â'r byd celf, ond heb lwc – ddaeth dim gwybodaeth gadarn **i'r golwg** am leoliad y llun na'r lleidr. Doedd neb yn gwybod unrhyw beth.

Wrth i Bedwyr gau HOLMES ar ei gyfrifiadur gwelodd Sarjant Tomos Jones-Tomos, awdur y nodyn, yn cerdded drwy'r swyddfa.

"Tom!" galwodd arno.

Stopiodd y sarjant, cyn troi a cherdded **yn frysiog** at ddesg Bedwyr. Roedd Tomos yn brysio i bob man.

"Sut wyt ti, Bedwyr?" gofynnodd. "Sut oedd y darts neithiwr?"

Roedd Tomos yn aelod o dîm darts yr Angor, un o dimau gorau'r ardal, a byddai e hefyd yn treulio pob nos Lun mewn tafarn.

"Colli yn erbyn y George," atebodd Bedwyr. "Beth amdanoch chi?"

"Ennill. Fel pob tro." Gwenodd Tom yn gyfeillgar wrth ateb.

Yn wahanol i dîm y Feathers, roedd yr Angor yn cymryd eu darts o ddifri. Doedd Tomos a sawl un o'i gyd-chwaraewyr ddim yn yfed, hyd yn oed, ac roedd hynny'n esbonio pam eu bod nhw'n ennill a hefyd pam nad oedd Tomos yn dioddef fel Bedwyr ar fore dydd Mawrth.

"Wel, fel'na mae," meddai Bedwyr. "Ti adawodd y nodyn yma, ife?"

"Ie, dyna ti," atebodd Tomos. "Ffoniodd e peth cynta heddiw.

---

ymholiad, ymholiadau – *enquiry (enquiries)*

i'r golwg – *to hand (literally: to view)*

yn frysiog – *hurriedly*

Ddwedes i wrtho fe am gysylltu efo heddlu Bangor, ond roedd e'n benderfynol o siarad gyda rhywun oedd wedi gweithio ar achos Montgomery Flitwell."

"Flitcroft," cywirodd Bedwyr. "A dyna'r cyfan ddwedodd e? Ei fod e isie sgwrs ynglŷn â *Tywyllwch y Fflamau*?"

"Dyna'r cyfan," atebodd Tomos. "Nawr, esgusoda fi, Bedwyr, ma'n rhaid i mi fynd."

A gyda hynny, brysiodd y sarjant i ffwrdd.

4

Edrychodd Malcolm Cadwaladr yn y drych bach roedd yn ei gadw yn ei ddesg, a defnyddio ei fys i dacluso blewyn o'i fwstásh, cyn rhoi'r drych yn ôl yn y drôr.

Malcolm oedd yr unig un yn yr oriel, ond gallai rhywun gerdded trwy'r drws unrhyw funud. Roedd Malcolm yn teimlo bod rhaid iddo edrych ei orau drwy'r amser – **wedi'r cwbl**, roedd ei gwsmeriaid yn gwerthfawrogi pethau prydferth. Bydden nhw'n llai **tebygol** o brynu pethau prydferth gan rywun â'i fwstásh dros y lle i gyd.

Roedd Oriel Bangor yn yr un adeilad ers i Malcolm ei sefydlu ugain mlynedd yn ôl, ac roedd wedi gweld tipyn o fusnesau'n mynd a dod ar y stryd yn y cyfnod hwnnw. Erbyn heddiw roedd siop goffi organig un ochr i'r oriel a bwyty figan yr ochr arall, ac ar y cyfan roedd Malcolm yn hapus gyda hynny – dyma'r math o lefydd fyddai'n denu gwell safon o gwsmer i'r stryd a, gobeithio, i'r oriel.

Rhoddodd Malcolm naid fach wrth i'r ffôn ganu. Estynnodd ei law i'w godi, gan glirio ei lwnc a chyfarch yn ei ffordd arferol.

"Bore da, Oriel Bangor. Good morning, Bangor Gallery."

"Ie, helô, bore da," daeth yr ateb, gan lais doedd Malcolm ddim yn ei adnabod. "Ditectif Bedwyr Campbell sydd yma, o orsaf heddlu Aberystwyth. Dw i'n dychwelyd eich galwad?"

Teimlodd Malcolm ei galon yn pwmpio gyda'r cyffro – doedd e ddim yn gorfod delio gyda'r heddlu'n aml.

---

wedi'r cwbl – *after all* **tebygol** – *likely*

"O, diolch yn fawr, Ditectif Campbell," dywedodd. "Mae'n ddrwg gen i greu trafferth i chi. Malcolm ydw i, gyda llaw, Malcolm Cadwaladr. Roeddwn i'n meddwl y byddai beth sydd gen i i'w ddweud **o ddiddordeb** i chi."

Aeth Malcolm yn ei flaen i esbonio digwyddiad rhyfedd y diwrnod **cynt**.

Roedd wedi bod yn ddiwrnod llwyddiannus ar y cyfan – gwerthodd lun gan artist ifanc lleol, ac roedd tipyn o ddiddordeb mewn llun newydd gan Giorgio Morandi. Ond, ychydig funudau cyn pump o'r gloch, a Malcolm yn meddwl am gau'r oriel, agorodd y drws a daeth dyn canol oed i mewn. Roedd yn gwisgo siwt dywyll, rad a het ryfedd, gydag ymyl llydan oedd bron â chuddio ei wyneb. Roedd ei wallt o dan yr het yn flêr ac yn seimllyd.

"Prynhawn da. Ydych chi'n chwilio am rywbeth arbennig?" roedd Malcolm wedi gofyn. Sylwodd fod y dyn yn edrych o'i gwmpas yn nerfus, a bod ei ddwylo'n **crynu**.

"Dw i isie… ydych chi'n prynu lluniau?" gofynnodd y dyn, gan faglu dros ei eiriau. "Mae gen i lun… i'w werthu."

Ochneidiodd Malcolm yn dawel bach iddo'i hun. O dro i dro byddai artistiaid lleol yn dod i'r oriel, ond **anaml** iawn y byddai eu lluniau nhw o ddiddordeb iddo. Rhaid bod y dyn ar bwys y drws wedi gweld hyn yn llygaid Malcolm, oherwydd aeth ati i egluro'n syth.

"Dim un o fy lluniau i," dywedodd. "Hen lun." Edrychodd o'i gwmpas eto. "Ydych chi wedi clywed am *Tywyllwch y Fflamau*? Gan Maritje den Haan?"

Wrth gwrs, fe ddaliodd hyn sylw Malcolm. Roedd e'n gwybod

o ddiddordeb – *of interest*	**cynt** – *previous*
crynu – *to shake*	**anaml** – *seldom*

yn iawn beth oedd hanes y llun arbennig hwn. Tynnodd y **dieithryn** ffôn o'i boced a dangos ffotograffau di-ri iddo – rhai'n dangos y llun cyfan ac eraill yn canolbwyntio ar rannau arbennig, fel wyneb y ferch ar y goelcerth, a **llofnod** yr artist. Teimlodd Malcolm ei hun yn **cynhyrfu**. Roedd hi'n anodd bod yn sicr, ond roedd y llun yn y ffotograffau yn bendant yn edrych fel y llun go iawn.

Ac oherwydd ei fod wedi cynhyrfu, gwnaeth Malcolm gamgymeriad.

Gan astudio'r dyn yn ofalus, gofynnodd sut y **cafodd afael** ar y llun. Os taw hwn oedd y llun gwreiddiol, esboniodd Malcolm, roedd cysylltiad â **llofruddiaeth**, a byddai angen dweud wrth yr heddlu amdano'n syth. Stwffiodd y dyn ei ffôn yn ôl yn ei boced, sibrwd rhywbeth yn frysiog, cyn troi a dianc o'r oriel cyn gynted â phosib.

"Wrth gwrs," dywedodd Malcolm, wrth orffen adrodd ei stori wrth y ditectif ar ben arall y lein. "Ddylwn i ddim bod wedi codi ofn arno wrth sôn am yr heddlu. Dw i ddim yn meddwl y bydd e'n dod yn ôl, **mae arna i ofn**. Ond meddwl oeddwn i y dylwn i adael i chi wybod, rhag ofn bod cysylltiad â marwolaeth Monty."

"Monty?" gofynnodd y ditectif, gan sylwi ar ei ffordd gyfeillgar o sôn am Flitcroft. "Oeddech chi'n nabod Mr Flitcroft yn dda cyn iddo farw, Mr Cadwaladr?"

"Oeddwn, yn weddol dda," atebodd Malcolm. "Mae'r byd celf yn fyd eitha bach, chi'n gweld. Ro'n i'n gweld Monty mewn ambell ocsiwn a digwyddiad, ac ro'n ni'n sgwrsio."

dieithryn – *stranger*	**llofnod** – *signature*
cynhyrfu – *to get excited or agitated*	**cael gafael** – *to get hold*
llofruddiaeth – *murder*	**mae arna i ofn** – *I'm afraid*

"Ac am y llun, *Tywyllwch y Fflamau*, ydych chi'n amau taw'r gwreiddiol oedd yn y ffotograffau?"

Ochneidiodd Malcolm.

"Mae'n amhosib bod yn siŵr," atebodd, "a dw i ddim yn arbenigwr ar luniau den Haan. Ond tasen i'n gorfod dweud, mi faswn i'n meddwl taw hwnna oedd y llun gwreiddiol, neu gopi **arbennig o dda**, o leia."

Aeth y lein yn dawel am sawl eiliad, cyn i'r ditectif siarad eto.

"Dw i'n meddwl taw'r peth gorau yw i fi ddod lan atoch chi," dywedodd. Fe hoffwn i ddangos lluniau cwpl o bobl i chi, ac edrych ar eich CCTV chi. Mae ganddoch chi CCTV, dw i'n cymryd?"

"Oes, wrth gwrs," atebodd Malcolm. "Ond dw i ddim yn gwybod faint o'i wyneb e gallwch chi weld o dan yr het ryfedd. Mi alla i e-bostio'r fideo i chi i safio'r siwrne..."

"Na, na," torrodd y ditectif ar ei draws. "Dim o gwbl, mi ddo i i'ch gweld chi. Fydde fory yn siwtio?"

Dwy funud wedyn rhoddodd Malcolm Cadwaladr ei ffôn ar y ddesg a gwneud nodyn bach taclus yn ei ddyddiadur ar gyfer y diwrnod canlynol – *11.00, Ditectif Campbell.*

---

arbennig o dda – *particularly good*

5

Y CHYDIG CYN HANNER awr wedi wyth y bore wedyn roedd Bedwyr yn eistedd yn ei gar, ei fysedd yn chwarae rhythm ar yr olwyn i gerddoriaeth Beethoven – y bedwaredd symffoni – oedd yn chwarae ar y system sain. Byddai'r bobl oedd yn adnabod Bedwyr fel dyn oedd yn chwarae mewn tîm darts ac yn prynu ei frechdanau o fan yn synnu ei fod yn hoffi cerddoriaeth glasurol, ac yn synnu'n fwy ei fod yn gwybod llawer am y pwnc. Beethoven oedd ei ffefryn yn y bore, ond byddai Carulli yn gwneud y tro hefyd. Yna Lowe neu Schubert yn y prynhawn, a rhywbeth fel Chopin gyda'r hwyr. Ond dim Mozart – roedd yn gas ganddo Mozart.

Roedd Bedwyr wedi codi'n gynnar a chael brecwast mawr i baratoi am y **siwrnai** – dwy bowlen o uwd a sawl darn o dost gwyn yn boddi dan fenyn hallt. Ac roedd wedi mynd â banana a bisgedi siocled gyda fe, rhag ofn ei fod yn llwglyd ar y ffordd.

Gwenodd wrth gofio am ymateb Casi-Ann Morgan, Prif Arolygydd yr adran dditectifs, pan esboniodd iddi ddoe am ei daith i Fangor, ac y byddai'n gorfod colli'r prawf ffitrwydd y diwrnod wedyn.

"O, dyna siom," dywedodd Casi-Ann, gan godi ei **haeliau** wrth wrando ar y stori. "Mae mor anffodus, tydy? Bob blwyddyn mae rhywbeth yn dy stopio di rhag cymryd y prawf."

Cododd Bedwyr ei ysgwyddau, gyda gwên ar ei wyneb. Esboniodd ei fod yn dilyn **trywydd** newydd mewn achos

---

siwrnai – *journey*	**ael, aeliau** – *eyebrow(s)*
trywydd – *lead, trail; scent*	

llofruddiaeth, ac roedd yn bwysig ymchwilio'n fanwl iddo fe cyn gynted â phosib.

Roedd Casi-Ann a Bedwyr yn adnabod ei gilydd ers blynyddoedd maith. Doedden nhw ddim yn meddwl am ei gilydd fel ffrindiau agos, ond roedd yna barch proffesiynol rhwng y ddau. Bedwyr oedd y ditectif gorau yn yr adran, yn ôl ei brif arolygydd, tra bod Bedwyr yn gwerthfawrogi'r holl waith roedd Casi-Ann yn ei wneud – delio gydag arian, polisïau, adroddiadau ac ati – gan adael iddo fe wneud y gwaith ditectif.

"Ond," aeth Casi-Ann yn ei blaen, "gan dy fod ti'n mynd, cer â Daf Parker gyda ti. Mi fydd yn brofiad da iddo fe."

Sarjant newydd oedd Daf Parker, wedi symud i'r adran dditectif o fod mewn iwnifform, a doedd Bedwyr ddim yn ei adnabod yn dda. Er gwaetha hynny, cytunodd yn syth – unrhyw beth i osgoi'r prawf ffitrwydd.

Ac felly, y bore wedyn, roedd pedwaredd symffoni Beethoven yn dod i ben ar y system sain wrth i Bedwyr wylio drws tŷ yn agor o'i flaen e. Llifodd y golau o'r tŷ i'r stryd, a chamodd dyn ifanc allan yn gwisgo cot drwchus, **werdd** ac yn cario bag yn ei law. Trodd i roi cusan i ddynes ifanc oedd yn sefyll yn y drws, cyn cerdded yn frysiog at y car.

---

gwerdd = gwyrdd (benywaidd)

6

"Bore da, Syr," dywedodd Daf wrth glipio ei wregys diogelwch. Roedd y car yn gynnes braf ar ôl iddo gerdded drwy'r gwynt oer. Gwthiodd ei wallt cyrliog o'i lygaid, oedd yn dal yn wlyb o'r gawod. Rhwng paratoi brecwast i Alys, ei ferch fach, a mynd allan i redeg, roedd wedi gorfod brysio i gael ei hun yn barod. "Dych chi ddim wedi bod yn aros yn hir, gobeithio?"

Roedd e'n trio peidio dangos hynny, ond roedd Daf yn **diawlio'i hun** am fethu bod yn barod ar amser. Dyma oedd ei gyfle i wneud **argraff** gyntaf dda ar un o brif dditectifs ei adran newydd.

"Dim o gwbl, Daf bach," atebodd Bedwyr gan yrru'r car allan i'r lôn a dechrau'r siwrnai am y gogledd, ac ymlaciodd Daf i'w sedd. Gydag un llaw ar yr olwyn, estynnodd y dyn mawr baced o Digestives siocled. "Bisged?" gofynnodd.

Gwrthododd Daf yn gwrtais – roedd hi braidd yn gynnar i fwyta bisgedi, meddyliodd – gan wylio'r ditectif yn cymryd tair o'r pecyn a'u gwthio nhw i gyd i'w geg.

Buodd tipyn o fân siarad yn y car ar gychwyn y siwrnai. Dangosodd Bedwyr ddiddordeb ym mywyd Daf, yn gofyn am ei deulu a beth roedd e'n hoffi ei wneud tu allan i'r gwaith. Siaradodd Daf am Alys a'i wraig Ceri, a sut roedd e'n paratoi at ras triathlon y mis nesaf, a gwelodd y ditectif mawr yn cyffroi wrth iddo sôn ei fod hefyd yn mwynhau coginio. Aeth y sgwrs

---

diawlio'i hun – *to curse himself* **argraff** – *impression*

---

yn ei blaen gyda'r ddau'n sôn am eu hoff brydau, a'r llefydd i fwyta yn yr ardal. Y Summer Palace, yn ôl Bedwyr, oedd yn gwneud y bwyd Tsieineaidd gorau, tra bod Daf yn hoffi'r Golden Dragon, ond roedd y ddau yn cytuno taw'r Star of Bengal oedd y lle i fynd am gyrri. Roedd rhaid i Daf addo i Bedwyr y byddai'n mynd i Gaffi Tony yn fuan i flasu'r brechdanau.

"Syr," gofynnodd Daf ar ôl hanner awr, wrth i'r car basio heibio tŵr y cloc yng nghanol Machynlleth, "allwn ni drafod cefndir yr achos 'ma? *Tywyllwch y Fflamau* yn diflannu, a marwolaeth Montgomery Flitcroft? Dw i wedi darllen y ffeil, wrth gwrs, ond byddai'n dda deall mwy, chi'n gwybod, gan rywun oedd yno ar y pryd."

Gan ddal i yrru, estynnodd Bedwyr am fanana a mynd ati i dynnu'r croen. Wrth ei bwyta, rhoddodd hanes yr achos i Daf.

Roedd Montgomery Flitcroft wedi symud i ardal Aberystwyth o Gaerdydd ar ôl ymddeol fel deliwr celf llwyddiannus iawn. Yn ôl pawb oedd yn ei adnabod yn Aberystwyth – a doedd hynny ddim yn lot o bobl – roedd e'n ddyn preifat, yn hapus i gadw ato'i hun a threulio'i amser gartref gyda'i gasgliad o luniau gwerthfawr. Roedd yn byw ar ei ben ei hun yn Ynys-las, heb lawer o ymwelwyr. Dim ond dau berson oedd yn galw'n eithaf aml – dynes yn ei saithdegau o'r enw Miss Lyons, oedd yn dod draw bob wythnos i lanhau a chadw trefn ar y lle, a Nathaniel Bryce, dyn ifanc oedd yn gweithio fel rhyw fath o ysgrifennydd iddo fe.

Oni bai am Flitcroft ei hun, dim ond Lyons a Bryce oedd ag allwedd i'r tŷ. Doedd dim arwyddion fod unrhyw un wedi torri i mewn, felly canolbwyntiodd yr heddlu arnyn nhw ar ddechrau'r achos.

Roedd hi'n **amlwg** yn eithaf buan nad oedd gan Miss Lyons lawer i'w gyfrannu. Roedd hi ar daith Clwb Henoed Ceredigion i Efrog pan fuodd Flitcroft farw, a hanner cant o dystion yn mynnu nad oedd hi'n agos i Aberystwyth. Ar ben hynny, fel dynes fach hŷn gyda phroblemau iechyd, roedd yr heddlu'n amau oedd **ganddi** hi'r cryfder i **drywanu** Flitcroft a'i ladd. Dim ond rhai misoedd ynghynt roedd hi wedi dechrau yn y swydd, felly doedd gan Miss Lyons ddim llawer i'w ddweud. Roedd Flitcroft yn gyflogwr cwrtais, yn ei thalu hi'n brydlon a'i thrin hi'n deg. Doedd ganddi ddim syniad am ei gasgliad o luniau, a doedd hi ddim yn gallu meddwl am unrhyw un fyddai eisiau eu dwyn nhw chwaith.

Roedd Nathaniel Bryce, ar y llaw arall, yn adnabod ei gyflogwr yn well. Roedd Flitcroft yn gwneud rhywfaint o waith cynghori a darlithio, a Bryce oedd yn gofalu am ei ddyddiadur, a byddai'n galw i weld Flitcroft bron bob dydd er mwyn delio gydag unrhyw lythyron ac ati.

"Y dyn Bryce yma ddaeth o hyd i'r corff, on'd ife?" gofynnodd Daf, yn awyddus i ddangos ei fod wedi astudio cefndir yr achos.

"Ie, dyna ti," atebodd Bedwyr. "Aeth e i mewn i'r tŷ un bore, gan ddefnyddio'i allwedd ei hun, ac ar ôl methu cael ateb gan Flitcroft aeth i chwilio amdano, a dod o hyd i'r corff yn y stafell lle roedd y prif gasgliad o luniau'n cael ei gadw."

"Oni bai am *Tywyllwch y Fflamau*, erbyn hynny," ychwanegodd Daf.

"Yn union. Fe sylwodd Bryce yn syth, a sôn am hynny pan ffoniodd e'r heddlu."

"A dyna pam wnaethoch chi ddechrau amau Nathaniel

---

amlwg – *obvious* **ganddi = gyda hi / gynni hi**

trywanu – *to stab*

Bryce?" gofynnodd Daf, gan gofio'r nodiadau yn ffeil yr achos. "Am fod ganddo fe allwedd i'r tŷ, ac mi fydde fe'n deall tipyn am werth y lluniau, ar ôl gweithio gyda Flitcroft?"

"Ie a nage. Ddechreuon ni edrych ar Bryce yn iawn ar ôl dod o hyd i **ewyllys** Montgomery Flitcroft. Ti'n gweld, doedd ganddo fe ddim teulu, a wnaeth e adael popeth i Bryce. Gwerth dros dair miliwn o bunnoedd rhwng y tŷ a'r lluniau – tipyn o arian yr adeg hynny." Oedodd Bedwyr. "Tipyn o arian heddiw hefyd."

"Felly… be? Chi'n meddwl bod Bryce wedi lladd Flitcroft a dwyn *Tywyllwch y Fflamau* i wneud i'r **cwbl** edrych fel lladrad wedi mynd **o'i le**?"

Estynnodd Bedwyr am fisged arall a'i gwthio i'w geg.

"Ie, dyna oedd yr amheuaeth," atebodd, gan anfon briwsion i bob man. "Ond i fi, doedd rhywbeth ddim yn ffitio. Pam dewis dwyn y llun mwya gwerthfawr, os taw fe oedd yn mynd i'w **etifeddu** fe beth bynnag? Byddai e'n anodd iawn i werthu llun wedi'i ddwyn. Byddai e'n gwneud mwy o synnwyr i ddwyn un o'r lluniau eraill, llai gwerthfawr, ac aros nes ei fod e'n etifeddu *Tywyllwch y Fflamau*, ti ddim yn meddwl?"

Nodiodd Daf wrth feddwl am hyn.

"Ond beth bynnag," aeth Bedwyr ymlaen, "unwaith wnaethon ni ddechrau holi Bryce, roedd ganddo fe alibi cadarn. Yn ôl y **patholegydd**, buodd Flitcroft farw rhwng saith ac un ar ddeg y nos, ac roedd Bryce wedi mynd am fwyd i ddathlu pen-blwydd ffrind cyn mynd 'mlaen i glwb nos. Roedd **hanner dwsin** o'i ffrindiau yn dweud ei fod e gyda nhw tan o leia un y bore."

ewyllys – *will*	**cwbl** – *all, everything*
o'i le – *wrong (lit: out of place)*	**etifeddu** – *to inherit*
patholegydd – *pathologist*	**hanner dwsin** – *half a dozen*

"Felly dim Bryce oedd yn gyfrifol?"

"Na. Ac oni bai amdano fe, doedd neb arall amlwg i'w amau. Os nad Bryce na'r ddynes lanhau oedd y llofrudd, mae'n rhaid bod Flitcroft wedi gadael y lleidr i mewn i'r tŷ ei hun, ond pwy? Roedd pawb yn dweud ei fod e'n ddyn preifat, yn cadw iddo fe'i hun. Wrth gwrs, wnaethon ni hel y lladron lleol i gyd ond heb unrhyw lwc. Wnaethon ni weithio ar yr achos am wythnosau, ond yn y diwedd aeth y trywydd yn oer. A does dim sôn wedi bod am lofrudd Montgomery Flitcroft, na *Tywyllwch y Fflamau*, ers hynny."

Edrychodd Bedwyr draw at Daf, gan gymryd ei lygaid oddi ar y ffordd am eiliad.

"Tan nawr."

7

EDRYCHODD MALCOLM CADWALADR i fyny wrth glywed drws yr oriel yn agor, a gweld un dyn mawr mewn siwt dynn yn cerdded i mewn gyda ffeil dan ei fraich, a dyn ifancach, heini yn ei ddilyn.

Edrychodd y ddau o gwmpas cyn dod at y ddesg.

"Mr Cadwaladr?" gofynnodd yr un mwyaf wrth ddod i stop o'i flaen. Gwelodd Malcolm fod ganddo friwsion mân dros ei grys. "Ditectif Bedwyr Campbell, Heddlu Dyfed Powys. Wnaethon ni siarad ar y ffôn ddoe?" Trodd at y dyn arall. "A dyma Sarjant Daf Parker."

Cododd Malcolm ac estyn ei law.

"Wrth gwrs – croeso Ditectif Campbell, Sarjant Parker. Diolch yn fawr i chi am ddod mor bell. Ga i gynnig diod i chi? Te? *Latte*? Americano? Dŵr?"

"Byddai te yn hyfryd," atebodd y ditectif, gan afael yn dynn yn ei law a'i hysgwyd. "Llaeth, pedwar siwgr, os gwelwch yn dda."

"Dŵr, plis. Diolch," dywedodd y sarjant gyda gwên.

Dychwelodd Malcolm rai munudau'n ddiweddarach yn dal **hambwrdd**, gyda photel o ddŵr, paned o de, a *latte* iddo fe'i hun, yn ogystal â phlât bach a bisgedi Custard Cream arno. Rhoddodd yr hambwrdd ar y ddesg, gan sylwi bod Ditectif Campbell yn cerdded o gwmpas yr oriel yn astudio'r lluniau i gyd.

"Mae pethau hyfryd fan hyn," galwodd y ditectif wrth

---

hambwrdd – *tray*

---

droi at Malcolm. "Y llun gan Basquiat a'r cerflun Serra yn arbennig."

Gwenodd Malcolm arno.

"Rydych chi'n gwerthfawrogi celf, Ditectif Campbell?"

"Gwerthfawrogi, ond ddim yn cael fy nhalu digon i brynu, yn anffodus," daeth yr ateb, wrth i'r ditectif groesi'r oriel ac estyn am ei baned.

"Iawn, 'te," dywedodd Malcolm, gan eistedd. Cododd y *latte* a chwythu dros geg y cwpan i'w oeri. "Sut galla i eich helpu chi?"

"Dau beth, Mr Cadwaladr," atebodd Ditectif Campbell, gan gymryd cegaid fach o'i de a helpu ei hun i fisged. "Fe hoffen ni weld y CCTV am ddoe, ond yn gynta 'dyn ni wedi dod â lluniau gyda ni. Lluniau o bobl... ***amheus*** ardal Aberystwyth – pobl y buon ni'n **ystyried** ar y pryd allai fod â chysylltiad â lladrad *Tywyllwch y Fflamau*, ac ambell un â hanes o ddelio mewn pethau oedd wedi cael eu dwyn. Fyddech chi'n barod i edrych ar y lluniau, rhag ofn fod unrhyw un yn debyg i'ch ymwelydd chi ddoe?"

"Wrth gwrs, wrth gwrs," atebodd perchennog yr oriel, gan deimlo cyffro. Fyddai e, Malcolm Cadwaladr, yn helpu i ddatrys llofruddiaeth, tybed?

Gan osod ei gwpan yn ôl ar yr hambwrdd yn ofalus, tynnodd Ditectif Campbell bentwr o luniau o'r ffeil a'u gosod nesaf at ei gilydd ar y ddesg. Gwisgodd Malcolm ei sbectol ac astudio pob llun, gan blygu i edrych yn fanwl ar ambell un. Ar ôl sawl munud tynnodd ei sbectol ac ysgwyd ei ben yn siomedig.

"Mae'n ddrwg gen i, Ditectif Campbell," dywedodd. "Dydy'r gŵr ddaeth yma ddoe ddim yn un o'r lluniau yna."

---

amheus – *suspicious* **ystyried** – *to consider*

“Ydych chi’n siŵr?” gofynnodd y ditectif eto. “Cymerwch eich amser, does dim brys.”

“Dw i’n siŵr,” atebodd Malcolm yn bendant. “Dw i’n arbenigo mewn astudio manylion, dych chi’n gweld, a does neb yn y lluniau yna’n canu cloch, mae arna i ofn.” Dechreuodd y ditectif gasglu’r lluniau’n ôl yn bentwr taclus, wrth i Malcolm fynd yn ei flaen. “Roedd y gŵr yma’n ifanc, gyda gwefusau tenau a gwallt tywyll, braidd yn seimllyd, ac roedd ei drwyn yn...” Yna, wrth wylio’r ditectif yn agor y ffeil **gardfwrdd** i roi’r lluniau’n ôl, rhewodd Malcolm yn sydyn. “Arhoswch!” gwaeddodd. “Dyna fe!”

Edrychodd Ditectif Cambell arno’n syn, wrth i’r sarjant ifanc bwyso ymlaen i weld perchennog yr oriel yn estyn i’r ffeil a thynnu llun allan ohoni.

“Dyna fe!” dywedodd Malcom eto. “Hwn yw’r dyn ddaeth i mewn ddoe. Ychydig yn hŷn erbyn hyn, ac wedi colli tipyn o bwysau ond... ie, dyma fe!”

“Ydych chi’n siŵr?” gofynnodd y sarjant. “Yn gwbl siŵr?”

“Ydw, ydw,” atebodd Malcolm yn llawn cyffro. “Yn bendant, dyma fe. Pam, pwy yw e?”

Edrychodd y plismyn ar ei gilydd heb ddweud gair, er bod y ddau’n gwybod yn iawn beth oedd ateb y cwestiwn.

Yn ei law roedd Malcolm Cadwaladr yn dal llun du a gwyn o Nathaniel Bryce, ysgrifennydd ac **etifedd** Montgomery Flitcroft.

---

cardfwrdd – *cardboard* **etifedd** – *heir*

8

"YDY'R *LASAGNE* YN dod gyda sglodion?"

Roedd Bedwyr yn pwyso ar y bar mewn tafarn o'r enw Y Castell, rhyw gan metr o Oriel Bangor, ac yn gofyn ei gwestiwn i'r ferch **surbwch** tu ôl i'r til. Stopiodd y ferch gnoi gwm am eiliad, yn ddigon hir i ateb.

"Nac'di. *Garlic bread.*"

Ystyriodd Bedwyr hyn am eiliad.

"Alla i gael sglodion gyda fe?" gofynnodd.

"*Lasagne* efo sglodion yn lle'r *garlic bread*, ia?"

"Na, na," cywirodd Bedwyr, a rholiodd y ferch ei llygaid. "Yn ogystal â'r *garlic bread. Lasagne*, sglodion a *garlic bread.* A pheint o Coke, os gwelwch yn dda."

Defnyddiodd y ferch **ewinedd** hir i wasgu'r archeb i'r til, cyn edrych ar Daf.

"Yr un peth i fi," atebodd, er, doedd y ferch ddim wedi gofyn y cwestiwn. "Ond gyda Diet Coke, plis."

Aeth archeb Daf i'r til hefyd, ac aeth y ferch i ffwrdd i nôl y diodydd.

"Iawn 'te, Daf," dywedodd Bedwyr, gan arwain ei sarjant ifanc at fwrdd, "be wyt ti'n feddwl o beth oedd gan ein ffrind ni, Mr Cadwaladr, i'w ddweud?"

Cymerodd Daf eiliad neu ddwy i feddwl am beth oedd wedi ei ddysgu cyn ateb.

"Wel, mi roedd e'n eitha siŵr taw Nathaniel Bryce oedd y

---

surbwch – *sullen, surly* **ewinedd** – *nails*

dyn wnaeth drio gwerthu *Tywyllwch y Fflamau* iddo fe," atebodd. "Ond dyna drueni nad o'n ni'n gallu ei weld e ar y camerâu."

Roedd Bedwyr a Daf wedi bod **yn obeithiol** i gychwyn, gan fod system CCTV Oriel Bangor yn un drud ac eithaf newydd, gyda lluniau lliw, clir. Ond yn fuan cafodd y ddau siom wrth i'r ymwelydd – Nathaniel Bryce, yn ôl Cadwaladr – gerdded i'r siop. Roedd yn gwisgo het dywyll, lydan – hen Fedora, yn ôl Cadwaladr eto – wedi ei thynnu i lawr yn isel ar ei ben nes bod ei wyneb wedi cael ei guddio o bob un camera, a gwnaeth yn siŵr i beidio edrych i fyny un waith.

Gwyliodd y ditectifs wrth i'r ymwelydd gerdded at y ddesg a siarad gyda'r perchennog, gan dynnu ffôn o'i boced. Mae Cadwaladr yn astudio sgrin y ffôn am sawl munud, yn symud yn ôl ac ymlaen rhwng y lluniau, gan barhau i siarad gyda'r dieithryn. Yna, yn sydyn, mae'r dyn yn **cipio**'i ffôn yn ôl gan ysgwyd ei ben, ac yn brysio at y drws ac allan i'r stryd heb edrych yn ôl.

"Call iawn," dywedodd Bedwyr, wrth i'r ferch tu ôl i'r bar osod diod yr un o flaen y ditectifs, cyn cerdded i ffwrdd heb ddweud gair. "Cuddio'i wyneb rhag y camerâu gyda'r het yna. Mae'n dangos ei fod e wedi meddwl beth oedd e'n ei wneud ymlaen llaw."

"Ydych chi'n meddwl taw Nathaniel Bryce yw'r dyn?" gofynnodd Daf, gan gymryd llond ceg o'i ddiod.

"Dyw'r peth ddim yn amhosib," atebodd Bedwyr. "Dw i'n bendant yn meddwl y dylen ni ddilyn y trywydd. Roedd Malcolm Cadwaladr mor sicr taw Bryce oedd yno ddoe, a dyma'r wybodaeth newydd gynta 'dyn ni 'di cael am yr achos yma ers blynyddoedd."

Arhosodd Daf yn dawel am dipyn. Tynnodd ddarn o iâ o'i

---

gobeithiol – *hopeful* **cipio** – *to grab*

---

ddiod a'i **grensian** rhwng ei ddannedd wrth gofio beth oedd wedi ei ddarllen yn y ffeil y noson gynt.

"Roedd Bryce yn ei ugeiniau hwyr pan fuodd Flitcroft farw," dywedodd ar ôl llyncu'r rhew. "Ac wedi bod yn gweithio iddo fe ers tair blynedd. Ond beth oedd ei hanes cyn hynny? Wnaethoch chi gwrdd â fe erioed?"

"Do," atebodd Bedwyr, gan bwyso'n ôl yn ei gadair. "Boi iawn, o be weles i. O **Amwythig** yn wreiddiol. Roedd ganddo fe gariad o'r enw... Bella? Betsi? Rhywbeth fel'na. Roedd e'n artist dawnus ei hun yn ei arddegau, ac fe gafodd e **ysgoloriaeth** i fynd i Ysgol Gelf Glasgow. Dyna sut daeth e i nabod Montgomery Flitcroft – fe brynodd Flitcroft un o luniau Bryce o'i arddangosfa ar ddiwedd y flwyddyn gynta. Roedd y dyfodol yn edrych yn **ddisglair** iawn bryd hynny."

"A beth ddigwyddodd?" gofynnodd Daf.

"Yr un hen stori," atebodd Bedwyr. "Gormod o lwyddiant yn rhy fuan. Diod. Cyffuriau. O fewn dwy flynedd roedd Bryce wedi troi o fod yn seren ddisglair i fod yn ddigartref ac yn byw ar y stryd, yn mynd o un ffics heroin i'r llall. Mae'n syndod ei fod e'n fyw o hyd, a dweud y gwir. Fuodd e bron â marw sawl gwaith dros y blynyddoedd, cyn iddo fe gael triniaeth a gwella. Ac wedyn, dyma Montgomery Flitcroft yn clywed am ei drafferthion a chynnig ail gyfle iddo fe."

"Chwarae teg," dywedodd Daf. "Nid pawb sy'n fodlon cynnig gwaith i gyn-jynci."

"Na," cytunodd Bedwyr. "Ac roedd Nathaniel Bryce yn gwybod hynny. Roedd e'n ddiolchgar iawn i Flitcroft am y cyfle."

Gyda hynny, cyrhaeddodd y bwyd, yn cael ei weini gan ferch

crensian – *to crunch*	**Amwythig** – *Shrewsbury*
ysgoloriaeth – *scholarship*	**disglair** – *bright*

serchus oedd yn wên i gyd, yn wahanol iawn i'w chyfaill y tu ôl i'r bar. Rhoddodd bowlen o sglodion, *lasagne* poeth iawn a **bara garlleg** o flaen y ddau. Teimlodd Daf ychydig yn euog wrth feddwl am y bocs bwyd roedd Ceri wedi ei baratoi iddo fe, oedd yn ei fag, ond roedd rhaid cyfaddef bod y bwyd o'i flaen yn arogli'n hyfryd.

"A ti'n gwybod," aeth Bedwyr yn ei flaen, gan godi un o'r sglodion o'r fowlen i'w flasu, "dyna sy'n gwneud y busnes yma mor rhyfedd. Os taw Bryce oedd yr ymwelydd yn Oriel Bangor ddoe, ac mai gyda fe mae *Tywyllwch y Fflamau*, mae hynny'n awgrymu taw fe oedd yn gyfrifol am farwolaeth Flitcroft. Ond sut? Roedd ganddo fe alibi drwy'r noson yna. A'r cwestiwn mwy, efallai – pam?"

Brathodd Daf ar ddarn o'r bara garlleg cyn ymateb.

"Wel," dywedodd, wrth wylio Bedwyr yn codi llond fforc o *lasagne* at ei geg. Roedd llinyn o gaws elastig yn ymestyn o'r fforc yn ôl at y bowlen, yn **bygwth** torri dan ei bwysau ei hun. "O ran y 'pam', faswn i'n meddwl bod hynny'n eitha amlwg. Faint ddwedoch chi oedd yn yr ewyllys i Nathaniel Bryce? Dros dair miliwn?"

"Ie," atebodd Bedwyr, ar ôl tynnu aer i'w geg i oeri'r bwyd poeth ar ei dafod. "Ond o be dw i'n gofio, doedd cyfreithiwr Montgomery Flitcroft ddim yn meddwl bod Bryce yn gwybod am yr ewyllys. A hyd yn oed tasai fe, fyddai Bryce mor galon-galed â llofruddio'r dyn wnaeth roi ail gyfle iddo fe... i gael yr arian yn gynt? Yn ôl pawb y buon ni'n siarad â nhw, roedd Bryce yn meddwl y byd o Flitcroft, yn edrych arno fe fel rhyw fath o dad geni."

serchus – *amiable, cheerful*	**bara garlleg** – *garlic bread*
brathu – *to bite*	**bygwth** – *to threaten*

Llyncodd Daf ddarn arall o fara a chymryd cegaid o ddiod i'w olchi i lawr.

"Mae tair miliwn o bunnoedd yn gallu gwneud pethau rhyfedd i bobl," dywedodd. "Oes syniad gyda chi beth ddigwyddodd i Nathaniel Bryce?"

"Wnaeth e a'i gariad symud i dŷ Flitcroft yn Ynys-las am dipyn," atebodd Bedwyr. "Ond er gwaetha alibi Bryce, roedd sawl un yn y dre yn dal i'w amau e o'r llofruddiaeth. Gwnaeth rhywun ymosod arno wrth iddo gerdded i lawr y stryd un diwrnod. Yn y diwedd fe gafodd Bryce ddigon, a gwerthu'r cwbl – y tŷ, y lluniau, popeth – a symud i ffwrdd. Yn ôl i Amwythig, dw i'n meddwl. Does dim syniad 'da fi beth ddigwyddodd iddo fe wedyn." Oedodd Bedwyr i dorri darn arall o *lasagne* a'i godi i'w geg. "Ond ti'n iawn, Daf, mae arian yn gwneud pethau rhyfedd i bobl. Unwaith byddwn ni'n ôl yn Aberystwyth, mi wnawn ni ofyn o le i le, i drio dod o hyd i Mr Bryce."

9

Y BORE AR ôl y daith i Fangor cododd Daf Parker am hanner awr wedi chwech, gan adael Ceri ei wraig i gysgu, a cherdded yn ddistaw i'r ystafell fyw. Gwisgodd y dillad rhedeg roedd wedi eu gadael yno'r noson gynt a gadael y tŷ mor dawel ag y medrai. Roedd Alys yn cysgu'n dda, chwarae teg iddi, ond tasai hi'n clywed rhywun yn symud o gwmpas basai hi ar ei thraed yn syth.

Roedd yn dywyll tu allan o hyd, a goleuodd Daf y **fflachlamp** oedd am ei ben a dechrau ei watsh. Dechreuodd redeg yn hamddenol ar hyd y brif ffordd trwy Benparcau, ar gyrion Aberystwyth, cyn troi i lawr am feysydd chwarae'r brifysgol. Byddai'n rhedeg yr un ffordd bob bore – dau gylch o gwmpas y caeau, yna dilyn yr afon trwy'r dref i'r marina ac yn ôl i fyny'r **rhiw** am adref.

Roedd wedi mwynhau ei flas cyntaf o waith ditectif ddoe, yn ymchwilio i hen achos Montgomery Flitcroft a lladrad *Tywyllwch y Fflamau*, ac wedi hoffi gweithio gyda Bedwyr Campbell yn arbennig. Roedd Bedwyr i'w weld yn foi iawn, ac roedd Daf wedi teimlo'n falch iawn ar ôl i Bedwyr ofyn i'r Prif Arolygydd, yn yr orsaf yn Aberystwyth, a fyddai'n cael cadw Daf i helpu gyda'r achos.

Roedd Daf wedi ymuno gyda'r heddlu yn hwyr. Doedd e ddim wedi gwneud y mwyaf o'i amser yn yr ysgol – roedd wedi gwneud ei orau i **wireddu** ei freuddwyd o fod yn bêl-droediwr.

---

fflachlamp – *torch* **rhiw = allt**

gwireddu – *make true, make (something) a reality*

Pan ddaeth yn amlwg nad oedd hynny'n mynd i ddigwydd doedd e ddim yn gwybod beth i'w wneud nesaf. Treuliodd y blynyddoedd wedyn yn symud o un swydd ddiflas i'r llall, ond ar ôl geni Alys penderfynodd fod yn rhaid newid. Ar ôl gafael yn yr un fach yn ei freichiau am y tro cyntaf, sylweddolodd taw'r cwbl roedd e eisiau oedd ei gwneud hi'n falch ohono – i fod yn arwr iddi. O fewn wythnos roedd e wedi llenwi'r ffurflenni i ymuno â'r heddlu, ac ers hynny roedd yn gweithio'n galed i wneud gyrfa lwyddiannus iddo'i hun.

Pan ddaeth y cyfle i fynd ar y daith i Fangor ddoe, gyda Bedwyr Campbell, roedd Daf **ar ben ei ddigon**. Roedd wedi clywed y straeon am Campbell ers dechrau gyda'r heddlu, ac roedd yn gwybod ei fod wedi gweithio ar rai o achosion mwyaf Heddlu Dyfed Powys. Fe oedd arweinydd yr **ymchwiliad** wnaeth ddal Eric Antoni, y llofrudd cyfres oedd wedi lladd pedair dynes ifanc yng nghanolbarth Cymru. Fe hefyd wnaeth godi'r amheuon cyntaf am farwolaeth Sian Fletcher, a dechrau'r ymchwiliad wnaeth arwain at arestio ei gŵr, Dr Jordan Fletcher, am ei llofruddiaeth hi. Roedd Campbell yn dipyn o arwr yn yr orsaf, ac roedd yn fraint i Daf weithio gydag e. Os oedd unrhyw un yn mynd i ddod o hyd i lofrudd Montgomery Flitcroft, Bedwyr Campbell oedd hwnnw – ac roedd Daf yn mynd i **wneud ei orau glas** i'w helpu.

---

ar ben ei ddigon – *as happy as can be (literally: on top of his everything)*

ymchwiliad – *investigation*

gwneud ei orau glas – *to do his very best (literally: to do his blue best)*

10

Ar ôl cyrraedd adre o'i redeg a chael brecwast cyflym o rawnfwyd wrth chwarae pi-po gydag Alys, rhoddodd Daf gusan i Ceri a mynd i orsaf yr heddlu.

Wrth iddo gerdded i lawr y cyntedd at swyddfa'r ditectifs, clywodd lais yn galw ei enw. Daeth y llais o gyfeiriad drws agored y ffreutur, a throdd Daf i weld Bedwyr Campbell yn eistedd tu ôl i fwrdd. Roedd plât gwag o'i flaen, ac olion brecwast wedi ffrio arno, ac aeth Daf i eistedd gydag e.

"Brecwast hyfryd, chware teg," dywedodd y ditectif hŷn, gan dorri gwynt o dan ei **anadl**. "Bydd hi'n ddiwrnod prysur heddiw, Daf. Mae angen dechrau'r dydd yn iawn."

"Oes wir," atebodd Daf, gan deimlo cyhyrau ei goesau'n dynn. Roedd gan y ddau ddyn syniadau gwahanol am sut i ddechrau'r dydd yn iawn. "Beth yw'r cynllun, 'te, Syr?"

"Wel," dywedodd Bedwyr, gan orffen ei de, "dw i wedi siarad ag ambell un, a does neb yn gwybod llawer am beth ddigwyddodd i Nathaniel Bryce ar ôl iddo fe symud o Aberystwyth. Ond wyt ti'n cofio fi'n sôn ei fod e mewn perthynas pan fuodd Flitcroft farw? Wel, Betsi Owen oedd enw ei bartner, a gwnaeth hi adael Aberystwyth gyda Bryce. Ond, o be dw i'n ei glywed, symudodd hi'n ôl i'r dre dair blynedd yn ôl."

"Y berthynas wedi dod i ben 'te?" gofynnodd Daf.

"Dyna dw i'n amau," daeth yr ateb. "Dw i'n meddwl y dylen

---

anadl – *breath*

ni fynd i siarad gyda Betsi Owen bore 'ma. Falle ei bod hi'n gwybod lle mae Bryce erbyn hyn. Alli di fod yn barod i fynd mewn hanner awr?"

11

PARCIODD BEDWYR EI gar ac edrych o'i gwmpas. Tŷ Betsi Owen oedd rhif 19, ar stryd o dai cyngor oedd wedi gweld dyddiau gwell. Drws nesaf, tu allan i rif 17, roedd hen soffa frown yn eistedd yn yr ardd flaen, y **porfa** hir yn codi o'i chwmpas a'r giât yn hongian yn **fregus**. Ar y stryd o flaen car Bedwyr roedd hen Ford Fiesta, gyda slwj gwyrdd dros y ffenestri, yn amlwg wedi bod yn sefyll yno'n ddigon hir i'r pedwar teiar fynd yn fflat.

"Dydy hi ddim yn edrych fel tasai Betsi wedi dod ag arian Montgomery Flitcroft yn ôl gyda hi, 'te," dywedodd Daf. Doedd ei gartref fe ddim yn balas, ond doedd dim modd osgoi'r tlodi ar y stryd yma.

Agorodd Daf y drws a chamu o'r car, gan aros i Bedwyr straffaglu i dynnu ei gorff o'r ochr arall. Cerddodd y ddau i fyny'r llwybr bach at ddrws rhif 19 a chnocio. Ar ôl sawl eiliad atebodd dynes mewn crys T hir a phâr o legins du, ei gwallt wedi ei dynnu'n ôl mewn cynffon dynn. Edrychodd ar y ddau blismon yn amheus.

"Bore da," dywedodd Bedwyr gyda gwên. "Miss Owen, ie? Mae'n ddrwg gynnon ni am alw, ond fy enw i ydy Ditectif Campbell, a dyma Sarjant Parker."

"Beth dych chi…?" gofynnodd y ddynes, a gofid yn fflachio ar draws ei hwyneb. "Oes rhywbeth wedi digwydd i Sam?"

"Peidiwch poeni," atebodd Bedwyr yn syth. "Does dim

---

porfa – *grass* **bregus** – *fragile*

byd wedi digwydd, ond roedden ni'n gobeithio y basech chi'n gallu sbario munud neu ddwy i ateb rhai o'n cwestiynau ni? Cwestiynau am Nathaniel Bryce. Dw i'n meddwl eich bod chi'n ei nabod e?"

Croesodd Betsi Owen ei breichiau, ac roedd Daf yn siŵr nad oedd hi'n mynd i'w gadael nhw dros y stepen drws.

"Dyw Nath ddim byd i'w wneud â fi," dywedodd hi'n heriol. "Ddim ers blynyddoedd. 'Dyn ni'n hapusach hebddo fe, fi a Sam. Os yw Nath 'di cael ei hunan i drafferth, dw i ddim isie gwybod."

Pwysodd Daf ychydig yn agosach at y ddynes.

"Sam yw'ch mab chi, Miss Owen?" gofynnodd. "Faint yw ei oed e?"

Edrychodd Betsi Owen arno'n amheus cyn ateb.

"Pedair. Mae e yn yr ysgol nawr."

"Mae gen i ferch fach dair blwydd oed," dywedodd Daf, gan wenu, ac er gwaetha ei gofid gwenodd Betsi Owen yn ôl. "Mae'n oedran hyfryd, on'd yw e? Mae'n siŵr ei fod e'n eich cadw chi'n brysur."

"Wel... ydy," atebodd y ddynes, gan feddalu dipyn. "Ond mae'n gariad bach." Oedodd ac edrych o un plismon i'r llall, cyn gwneud penderfyniad. "Beth yw'r cwestiynau 'ma sy gyda chi, 'te?"

Funud yn hwyrach roedd Bedwyr a Daf yn eistedd ar soffa las tywyll yn ystafell fyw fach y cartref, gyda theganau plant o gwmpas y llawr ym mhob man, yn gwrando ar Betsi Owen. **Nawr ac yn y man** byddai hi'n stopio siarad i dynnu'n galed ar *vape* gwyrdd, gan chwythu cymylau tew o gornel ei cheg.

"Wnes i gwrdd â Nath ar ôl iddo fe symud i Aberystwyth,"

---

nawr ac yn y man – *now and again*

---

dywedodd. "Ro'n i wedi dod o berthynas arall a ddim yn chwilio am unrhyw beth o ddifri, ond wnes i syrthio mewn cariad gyda fe'n syth. Roedd e'n wahanol i bawb arall. Fe ddwedodd e bopeth wrtha i am ei gefndir, am y cyffuriau a'r ddiod ac ati, ond wnaeth e addo bod **hynna** i gyd yn y gorffennol." Stopiodd i dynnu ar ei *vape* eto cyn cario 'mlaen. "Roedden ni'n hapus, ac roedd Nath wrth ei fodd gyda'i waith. Iawn, doedd y cyflog ddim yn grêt, ac roedd yr oriau'n anodd, weithiau, ond roedd Nath yn meddwl y byd o Mr Flitcroft. Wedi'r cwbl, heblaw amdano fe yn rhoi ail gyfle i Nath, **Duw a ŵyr** beth fyddai fe wedi ei wneud. Na, roedd e'n edmygu Mr Flitcroft gymaint, byddai fe wedi mynd i'r gwaith, hyd yn oed tasai fe ddim yn cael ei dalu." Oedodd Betsi, gan syllu ar dractor bach coch oedd ar ei ochr ar y llawr. "Ond wedyn, fe ddigwyddodd… be ddigwyddodd."

"Marwolaeth Mr Flitcroft?" gofynnodd Bedwyr yn dawel.

"Ie," ochneidiodd Betsi. "Fe dorrodd Nath ei galon. Roedd e dros y lle i gyd, doedd dim modd siarad ag e. Ac wedyn dyma chi'r heddlu yn dechrau ei amau fe o lofruddiaeth, er fyddai fe ddim wedi gallu gwneud, achos roedd e mas gyda fi y noson honno. Ac wedyn, ar ôl i chi orffen gydag e, dyma pawb arall yn ei amau, yn dweud pethe tu ôl i'w gefn e, neu i'w wyneb e weithiau, ac yn ymosod arno fe."

"A wnaethoch chi symud i ffwrdd?" gofynnodd Bedwyr.

"Do, i Amwythig," atebodd Betsi. "Roedd e'n ddechrau newydd i ni – i fod. Defnyddio ychydig o arian Mr Flitcroft i brynu rhywle i fyw. Dechrau teulu falle. Gallai Nath ddechrau peintio eto, hyd yn oed."

"Oedd Nathaniel yn gwybod taw fe oedd etifedd Montgomery

---

hynna – *that* **Duw a ŵyr** – *God knows*

Flitcroft?" gofynnodd Daf. "Cyn iddo fe farw, dw i'n feddwl?"

"Ddim o gwbl," dywedodd Betsi'n bendant. "Roedd e'n sioc fawr iddo fe. Ac alla i ddim dweud ei fod e'n hapus iawn am y peth. Byddai fe wedi rhoi pob ceiniog i gael Mr Flitcroft yn ôl." Oedodd Betsi, gan dynnu ar ei *vape* eto. "Dyna pam dechreuodd e wario mor wyllt, mae'n siŵr – gwastraffu'r arian ar ddim byd. Dechrau yfed eto. Dechrau ar y cyffuriau. Roedd e'n paranoid, yn teimlo bod pawb yn edrych arno fe, yn siarad amdano fe, yn ei amau fe o ladd Mr Flitcroft. Yr unig ffordd allai e gael **heddwch** oedd mynd yn wyllt." Ochneidiodd Betsi. "O fewn pedair blynedd roedd yr arian i gyd wedi mynd. Yn waeth na hynny, roedden ni mewn dyled. Ond ro'n i'n ei garu fe, ac eisiau ei helpu fe, a wnes i drio, am flynyddoedd. A baswn i wedi aros am byth, oni bai fy mod i'n **feichiog** gyda Sam. Doedd e ddim yn fywyd i fagu plentyn – tŷ blêr, partis **diddiwedd**, a phobl ryfedd. Felly wnes i adael a dod yn ôl i Aberystwyth. Wnes i **erfyn** ar Nath i ddod, i adael y bywyd yna, ond wnaeth e wrthod." Roedd deigryn yn llygaid Betsi Owen erbyn hyn. "Y diwrnod pan wnes i adael oedd y diwrnod diwetha i fi ei weld e."

Pwysodd Bedwyr yn agosach ati, gan estyn pecyn o bapur tisw o'i boced.

"Oes syniad gyda chi lle mae Mr Bryce erbyn hyn?" gofynnodd. "Sut gallwn ni ddod o hyd iddo fe?"

Sychodd Betsi ei thrwyn a thynnu eto ar y *vape*.

"Dw i ddim yn gwybod," dywedodd. "Ond pan wnes i adael roedd e'n byw mewn sgwat, hen **warws** Pickles Furniture, ar

heddwch – *peace*	**beichiog** – *pregnant*
diddiwedd – *endless*	**erfyn** – *to beg, to implore*
warws – *warehouse*	

bwys yr afon yn Amwythig. Lle afiach, oer a gwlyb, a llygod mawr ym mhob man. Os nad yw e yno, does dim syniad 'da fi ble mae e."

12

DIFFODDODD BEDWYR INJAN y car, ac eisteddodd e a Daf mewn tawelwch am ychydig. Doedden nhw ddim yn bell o ganol Amwythig, ond roedd y lle'n teimlo'n anghysbell iawn. Roedd yr unig ffordd yma yn gul ac yn **dyllog**, ac roedd **cloddiau** tal, blêr bob ochr. Daeth y lôn i ben o flaen hen gatiau metel oedd yn hongian ar agor. Uwchben y gatiau roedd arwydd, a graffiti dros ran ohono fe. Darllenodd Bedwyr y geiriau arno.

Pickles Furniture.

Roedd yr hen warws yn sefyll yn **segur**, gyda rhan o'r to wedi **disgyn** a'r rhan fwyaf o'r gwydr yn y ffenestri wedi chwalu. Ond, roedd yna arwyddion o fywyd. Roedd tri beic yn pwyso yn erbyn wal y warws, yn ogystal ag un moto-beic. Sylwodd Bedwyr ar ôl tân yng nghanol yr iard, a bagiau sbwriel o gwmpas y lle.

"Cartrefol," dywedodd Bedwyr.

Ar ôl gadael Betsi Owen roedd y ddau blismon wedi cytuno i fynd yn syth am Amwythig, yn y gobaith bod trywydd Nathaniel Bryce yn gynnes o hyd. Stopion nhw unwaith i brynu brechdan a phaced mawr o M&Ms yn y Drenewydd, a chyrraedd yr hen warws ddwy awr ar ôl gadael Aberystwyth.

"Beth nawr?" gofynnodd Daf, gan edrych ar yr adeilad.

Bwytodd Bedwyr ei M&Ms, a meddwl.

"Wel," atebodd, "dw i'n mynd i edrych o gwmpas. Aros di fan hyn."

tyllog – *full of holes*	**clawdd, cloddiau** – *hedge(s)*
segur – *idle, unoccupied*	**disgyn** – *to fall*

Edrychodd Daf arno'n syn.

"Ydy hynna'n syniad da?" gofynnodd, gan edrych ar y warws yn amheus. "Fyddai'n well i ni fynd gyda'n gilydd?"

Pwyntiodd Bedwyr at yr adeilad.

"Edrycha ar y lle," dywedodd. "Mae e'n disgyn yn ddarnau. Os ydy Bryce isie dianc mae sawl ffordd allan, mae'n siŵr. Af i mewn i ysgwyd y goeden, ac arhosa di i weld be sy'n disgyn allan."

Gyda hynny, agorodd Bedwyr ddrws y car a dringo allan, cyn cerdded yn hamddenol ar draws y tir rhwng y gatiau a'r warws. Dyma oedd y maes parcio a lle **llwytho**'r loriau cyn i Pickles Furniture gau, meddyliodd. Roedd sŵn cerddoriaeth yn dod o'r adeilad, a cherddodd Bedwyr ato.

Roedd twll mawr yn y wal, lle roedd drws ar un adeg, ac ar ôl cerdded drwyddo arhosodd Bedwyr i'w lygaid arfer â'r tywyllwch. Roedd tu mewn y warws yn agored ond roedd wedi cael ei droi'n ystafelloedd llai, gan ddefnyddio unrhyw beth oedd **wrth law**. Roedd y waliau tu mewn wedi cael eu gwneud o hen ddarnau mawr o bren a drysau oedd wedi cael eu tynnu o'r wal, ac mewn sawl man roedd hen ddillad gwely yn hongian fel cyrtens. Yng nghanol y llawr roedd ardal gymdeithasol, gyda thri dyn yn eistedd yno. Roedd un yn chwarae gitâr ac yn canu, ond ar ôl sylwi ar Bedwyr fe stopiodd e. Roedd y tri dyn yn gwylio'r plismon yn dod yn agosach yn ofalus iawn.

"Pnawn da," dywedodd Bedwyr yn gyfeillgar. "Oes un ohonoch chi'n gwybod lle alla i ddod o hyd i Nathaniel Bryce?"

Edrychodd y tri ar ei gilydd, cyn i'r un oedd yn dal y gitâr ateb.

"Heddlu wyt ti?"

---

llwytho – *to load* **wrth law** – *to hand*

Gwenodd Bedwyr, cyn agor ei freichiau.

"Mor amlwg â hynny?" gofynnodd. "Ie, heddlu ydw i. Ditectif Bedwyr Campbell. A dw i angen gair gyda Nathaniel Bryce."

Ysgydwodd y tri dyn eu pennau fel un.

"Does dim Nathaniel Bryce fan hyn," atebodd y chwaraewr gitâr mewn llais mwy uchel nag oedd ei angen.

"Erioed 'di clywed amdano fe," dywedodd ei gyfaill.

Clywodd Bedwyr sŵn o'r tu ôl i'r cyrtens dillad gwely ar y wal bellaf, ond aeth yn ei flaen i holi.

"Dych chi'n siŵr?" gofynnodd, heb ymateb i'r sŵn. "Mae'n fater difrifol, mae'n bwysig 'mod i'n siarad â Mr Bryce."

Gwenodd y chwaraewr gitâr ac ysgwyd ei ben eto.

"Sawl gwaith sydd rhaid dweud, Copar? Does dim Nathaniel Bryce yma. Ti 'di cael siwrnai wast. Nawr cer o 'ma."

Arhosodd Bedwyr yn llonydd a gwrando'n ofalus. Yna, clywodd sŵn gweiddi o'r tu allan i'r warws, a rhywbeth tebyg i **sgarmes**. Cododd y tri dyn a rhoddodd y chwaraewr gitâr ei offeryn ar y llawr, ond cododd Bedwyr ei law.

"Arhoswch lle dych chi," dywedodd, y llais cyfeillgar wedi diflannu a llais awdurdod yn ei le. "Does gen i ddim diddordeb ynddoch *chi*, dim ond yn Nathaniel Bryce. Ond os nad ydych chi'n gadael i ni wneud ein gwaith, gwna i'n siŵr fod hanner gorsaf heddlu Amwythig yn glanio yma a thynnu'r lle'n ddarnau. Nawr, dych chi wir isie i hynny ddigwydd?"

Edrychodd y tri dyn ar ei gilydd, yn sydyn yn llai hyderus. Yn araf bach eisteddodd y chwaraewr gitâr, a'i ffrindiau yn ei ddilyn.

"Diolch," dywedodd Bedwyr, cyn troi a cherddded allan o'r warws i'r awyr agored. Yno, yng nghanol y tir gwag, hanner

---

sgarmes – *scrum*

---

ffordd rhwng y warws a'r car, roedd Daf yn eistedd ar gefn dyn mewn hen grys T a phâr o jîns tyllog. Roedd y dyn yn gwneud ei orau i dorri'n rhydd, ei freichiau'n troi ac yn troi ond yn methu cyrraedd y plismon.

"Rhedodd e rownd o'r cefn, Syr," galwodd Daf. "Trio dianc, 'swn i'n dweud."

Tynnodd Bedwyr yr M&Ms o'i boced a thaflu llond llaw i'w geg. Yna, cerddodd draw at Daf, oedd yn gwneud ei orau i roi'r dyn mewn **cyffion**.

"Nathaniel," cyfarchodd Bedwyr. "Dwyt ti ddim yn fy nghofio i, mae'n siŵr. Ditectif Bedwyr Campbell, Heddlu Dyfed Powys. Nawr, mae Sarjant Parker yn ddyn ifanc, heini, a dw i'n hen ac yn bell dros ugain stôn. Os nad wyt ti'n aros yn llonydd i ni gael sgwrs gyda ti bydd rhaid i fi eistedd ar dy gefn di hefyd. A dw i ddim yn meddwl y baset ti'n mwynhau hynna."

---

cyffion – *handcuffs*

13

Y BORE WEDYN, wedi'r daith i Amwythig, cyrhaeddodd Bedwyr orsaf yr heddlu am wyth o'r gloch, ar ôl galw am frecwast hyfryd o seimllyd o Gaffi Tony. Yno'n aros amdano roedd Daf, yn eistedd wrth ei ddesg yn yr ystafell dditectifs ac yn amlwg ar bigau'r drain.

"Bore da, Daf," dywedodd Bedwyr. "Sut mae pethau?"

Cododd Daf ar ei draed gyda sawl taflen o bapur yn ei law.

"Mae'r doctor wedi edrych ar Bryce, ac mae'n hapus ei fod e'n barod i gael ei **gyfweld**," dywedodd, gan roi'r adroddiad meddygol i Bedwyr. "Dim anafiadau, ond am gwpwl o **grafiadau** pan wnes i ei ddal e'n rhedeg i ffwrdd ddoe. A dim ôl cyffuriau. Mae e'n aros amdanon ni yn Ystafell Gyfweld 3."

"Hyfryd," atebodd Bedwyr. Edrychodd ar ei watsh, ac yna ar y cloc ar y wal. "Awn ni i mewn, 'te?"

Arweiniodd Daf y ffordd i'r ystafell gyfweld, gan agor y drws i Bedwyr fynd i mewn gyntaf.

"Nathaniel," dywedodd Bedwyr wrth eistedd, fel tasai'n gweld hen ffrind. "Sut wyt ti? Gest ti gynnig brecwast, gobeithio? Mae'r ffreutur yn gwneud brecwast da, chware teg."

Cododd Nathaniel Bryce ei ben i edrych ar y ddau blismon. Roedd ganddo grafiad coch ar ei foch, ac roedd ei wallt seimllyd du yn hongian dros ei lygaid, ond y peth mwyaf amlwg oedd ei lygaid blinedig.

Rhoddodd Daf dâp casét yn y system recordio.

---

cyfweld – *to interview* **crafiad, crafiadau** – *scratch(es)*

"Cyfweliad gyda Nathaniel Bryce," dywedodd. "Deg munud wedi wyth ar yr ugeinfed o Ionawr, 2024. Mae Mr Bryce, Ditectif Bedwyr Campbell a fi, Sarjant Daf Parker, yn y cyfweliad. Mae Mr Bryce wedi gwrthod y cynnig am gyfreithiwr."

"Wel, 'te, Nathaniel," dywedodd Bedwyr, gan bwyso'n ôl yn ei gadair. "Dyma'r sefyllfa. Echddoe mi wnaeth rhywun sy'n edrych yn debyg iawn i ti gerdded i mewn i oriel ym Mangor a chynnig gwerthu llun – *Tywyllwch y Fflamau* gan Maritje den Haan. Nawr, fel rwyt ti'n gwybod, mae'r llun yna wedi bod ar goll ers deg mlynedd, ar ôl iddo fe gael ei ddwyn o dŷ dy gyflogwr di ar y pryd, Montgomery Flitcroft. Yn ystod y lladrad yna cafodd Mr Flitcroft ei ladd." Sylwodd Daf ar ddeigryn yn llygad Nathaniel Bryce, ond aeth Bedwyr yn ei flaen. "Ddoe, mi wnes i a Sarjant Parker ddod i chwilio amdanat ti yn Amwythig, a phan wnaethon ni ddod o hyd i ti roedd rhywbeth arall – rhywbeth gwnest ti ei adael yn y warws."

Gwyliodd Daf wrth i Bedwyr estyn tu ôl i'w gadair a chodi bag plastig mawr, clir – y math o fag oedd yn dal **tystiolaeth**. Yn y bag roedd llun mewn ffrâm o ferch ifanc yn cael ei llosgi ar goelcerth.

"Mi wnaethon ni ddod o hyd i hwn yn hen warws Pickles Furniture, yn dy stafell di," aeth Bedwyr yn ei flaen. "'Dyn ni wedi dod o hyd i dy olion bysedd di arno fe'n barod, ac yn aros i arbenigwyr gadarnhau taw hwn yw'r *Tywyllwch y Fflamau* go iawn. Ac os byddan nhw'n cadarnhau hynny, wel… bydd bysedd yn cael eu pwyntio atat ti am farwolaeth Montgomery Flitcroft." Oedodd Bedwyr, gan edrych ar Nathaniel Bryce, oedd yn syllu ar y llun. "Dyma dy gyfle i roi dy ochr di o'r stori," dywedodd.

Roedd yr ystafell yn dawel am dipyn. Wnaeth Bryce ddim

---

tystiolaeth – *evidence*

---

dangos ei fod wedi deall yr hyn roedd Bedwyr yn ei ddweud – nac wedi ei glywed, hyd yn oed – dim ond syllu ar y llun o'i flaen. Pasiodd munud gyfan, ac yna funud arall, heb i unrhyw un ddweud gair.

"Mae'n gas gen i'r llun yna," **mwmiodd** Bryce o'r diwedd, gan edrych i ffwrdd. "Mae'n afiach. Nid am fod y ferch mewn poen, ond bod yr holl bobl yn sefyll o'i chwmpas hi, yn gwneud dim i'w helpu hi. Mae'n dangos y gwaetha o'r **ddynol ryw**." Stopiodd i godi cwpan o ddŵr, ac yna ei roi i lawr heb yfed dim. "Wnes i drio perswadio Monty i beidio prynu'r llun. O bob llun yn y byd, pam hwnna? Beth am lun sy'n dangos prydferthwch? Cariad? Gobaith? Unrhyw beth ond dioddef."

Edrychodd Nathaniel i lygaid Bedwyr, ac yna ar Daf, ei lygaid yn symud yn ôl ac ymlaen rhwng y ddau.

"O'ch chi'n gwybod bod **melltith** ar y llun?" gofynnodd. "Mae pob perchennog – pob un – wedi dioddef. Marwolaeth, salwch, trychineb – dyna sy'n dilyn y llun. Fe brynodd Monty'r llun o gasgliad preifat dyn o'r enw Terence Blink. Roedd e wedi lladd ei hun ar ôl i'w ferch saith mlwydd oed farw yn y pwll nofio. Cyn hynny roedd y llun mewn amgueddfa yn Pennsylvania, ac fe losgodd honno i'r llawr, ond doedd dim difrod o gwbl i *Tywyllwch y Fflamau*. Ewch yn ôl, ac yn ôl eto, a does dim byd ond dagrau a dioddef."

Cribodd Bryce ei ddwylo trwy ei wallt, gan ei dynnu'n dynn.

"Hyd yn oed heddiw... ar bapur, fi yw perchennog y llun diawledig yna. Roedd popeth yn mynd yn iawn cyn hynny. Roedd gen i fywyd da, merch oedd yn fy ngharu i, ac am y tro

---

mwmio – *to mumble* **dynol ryw** – *human race*

melltith – *curse*

cynta ers amser hir ro'n i'n hapus. Ond wedyn dyma Monty'n marw, a finne'n etifeddu'r… *peth* yna. Ac edrychwch arna i nawr. Dim prydferthwch. Dim cariad. Dim gobaith. Dim ond dioddef."

Disgynnodd deigryn o lygaid Bryce, a gwyliodd y ddau blismon wrth i'w gorff blygu, fel balŵn yn gwagio.

"Nathaniel," dywedodd Bedwyr yn garedig. "Dweda beth ddigwyddodd y noson yna, pan fuodd Montgomery Flitcroft farw."

Arhosodd Daf am ateb, yn dal ei anadl.

"Dw i… dw i ddim yn gwybod," atebodd Bryce mewn llais gwan. "Do'n i ddim yna. Wnes i ddweud hyn ar y pryd. A faswn i byth, byth wedi **brifo** Monty. Ro'n i'n meddwl y byd ohono fe."

Edrychodd Daf a Bedwyr ar ei gilydd mewn penbleth.

"Ond Nathaniel, sut cest ti afael ar y llun, 'te?" gofynnodd Bedwyr. "Diflannodd y llun ar y noson cafodd Montgomery Flitcroft ei ladd."

Yn sydyn, eisteddodd Bryce yn syth yn ei sedd, a bwrw ei ddwylo ar y ddesg gyda bang uchel. Neidiodd Daf.

"Dych chi ddim yn deall!" gwaeddodd Bryce. "Ers y noson yna, pan wnes i etifeddu *Tywyllwch y Fflamau*, mae fy mywyd i wedi mynd **ar chwâl**. Dyna pryd dechreuodd popeth – y sibrydion, yr amheuon, y siarad tu ôl i 'nghefn i. Aeth popeth o'i le rhwng Betsi a fi. Tasai'r llun heb ddiflannu mi faswn i wedi gallu ei werthu fe, neu ei chwalu fe – unrhyw beth i gael gwared arno fe. Ond roedd e'n cuddio yn rhywle, yn dal i ddinistrio 'mywyd i, a doedd dim byd ro'n i'n gallu ei wneud am y peth. Dim byd! Ac wedyn, ges i syniad. Beth taswn i'n cael gwared ar

---

brifo = anafu **ar chwâl** – *ruined, in bits*

---

y llun mewn ffordd… symbolig? Gwneud copi i dwyllo pawb, copi basai rhywun yn fodlon ei brynu. Falle, falle, falle, falle basai hynna'n ddigon i basio'r felltith 'mlaen i rywun arall. Falle basai *Tywyllwch y Fflamau* yn **gadael llonydd** i fi, o'r diwedd."

A gyda hynny rhoddodd Nathaniel Bryce ei ben yn ei ddwylo a dechrau crio'n dawel.

---

gadael llonydd – *to leave alone*

14

"DYCH CHI'N MEDDWL ei fod e'n dweud y gwir?" gofynnodd Daf. Roedd yn sefyll ar bwys desg Bedwyr Campbell, yn gwylio'r ditectif hŷn yn cnoi ar sosej rôl o'r ffreutur wrth astudio sgrin ei gyfrifiadur. "Yr holl stwff 'na am y felltith ar y llun. Neu ydy e'n **rhaffu celwyddau**?"

"Na," atebodd Bedwyr, gan droi ei sgrin i Daf allu ei gweld hi. Yno, roedd erthygl papur newydd, gyda'r pennawd 'Tywyllwch tu hwnt i'r Fflamau'. "Nawr dw i'n cofio hyn," aeth Bedwyr yn ei flaen. "Roedd stori dudalen flaen am y llun yn un o'r tabloids, yn yr wythnosau ar ôl i Montgomery Flitcroft gael ei ladd. Mae'r cwbl ddwedodd Bryce yn y stori – **hunanladdiad** Terence Blink, yr amgueddfa yn llosgi i lawr, a mwy. Roedd un o berchnogion y llun ar y *Titanic*, a phlentyn un arall wedi cael ei ladd yn yr Ail Ryfel Byd. Wrth gwrs, mi wnaethon ni anwybyddu'r stori ar y pryd – stori tabloid, dim byd mwy. Ond mae'n bosib bod Bryce yn credu'r stori am y felltith."

Darllenodd Daf y stori'n ofalus, cyn troi at Bedwyr eto.

"Felly... ma'r llun sydd gyda ni yn un **ffug**?" gofynnodd. "Un wnaeth Bryce beintio ei hun?"

"Wel, mae e'n arlunydd dawnus," atebodd Bedwyr. "A wnaethon ni ddod o hyd i baent, **cynfasau** a brwshys ac ati, yn y warws. Mae'n bosib ei fod e'n dweud y gwir, ond fyddwn ni ddim yn siŵr tan i ni gael barn arbenigwr." Edrychodd dros

---

rhaffu celwyddau – *to lie (literally: to make a rope of lies)*

hunanladdiad – *suicide* **ffug** – *false*

cynfas, cynfasau – *canvas(es)*

ysgwydd Daf wrth glywed rhywun yn cerdded drwy'r drws. "A dyma ni, **ar y gair**."

Yn croesi'r ystafell, yng nghwmni Casi-Ann Morgan roedd dyn bach, ffyslyd, gyda sbectol fach dew ar ei drwyn, a barf *goatee* daclus o dano. Hwn oedd yr Athro Pritchard Beynon-Jenkins o'r Oriel Genedlaethol yn Llundain, un o arbenigwyr mwyaf y byd ar luniau Maritje den Haan. Roedd wedi cyrraedd Aberystwyth yn gynnar y bore hwnnw i astudio'r llun ddaeth o warws Pickles Furniture y diwrnod cynt, yn y gobaith o gadarnhau mai *Tywyllwch y Fflamau* oedd y llun.

"Ditectif Campbell, Sarjant Parker," dywedodd Casi-Ann. "Dyma'r Athro Beynon-Jenkins, sydd wedi cael y cyfle i astudio'r—"

"Mae'r llun yn ffug," torrodd y dyn bach ar ei thraws hi, gan dynnu ei sbectol a'i sychu ar hances boced. "Mae'n un da, yn ddigon da i dwyllo bron unrhyw un. Ond dw i'n sicr ei fod yn ffug. **Cant y cant**."

"Sut gallwch chi fod mor siŵr?" gofynnodd Daf.

Ochneidiodd yr Athro, gan osod ei sbectol yn ôl ar ei drwyn.

"Am fy mod i wedi astudio gwaith den Haan ers degawdau," atebodd. "Dw i'n adnabod y steil, y lliwiau, y ffordd roedd ei llaw hi'n trin y cynfas. Roedd y person wnaeth y copi yma yn artist da, mae hynny'n bendant, ond nid llun Maritje den Haan ydy e, mae arna i ofn."

Aeth y sgwrs yn ei blaen am funud neu ddwy, ond doedd gan Beynon-Jenkins ddim llawer mwy i'w ddweud, cyn iddo fe edrych ar ei watsh a mynnu ei fod angen cychwyn yn ôl am

---

ar y gair – *instantly (literally: on the word)*

cant y cant – *hundred percent*

Lundain. Diolchodd Casi-Ann Morgan i'r arbenigwr am ddod, ac ymddiheuro am wastraffu ei amser. Wrth iddo adael, trodd Bedwyr a Daf i edrych ar ei gilydd eto.

15

"WEL, 'TE, ROEDDET ti'n dweud y gwir, Nathaniel," dywedodd Bedwyr. "Mae'r arbenigwr wedi cadarnhau taw copi yw'r llun."

Roedd y tri yn eistedd o gwmpas y ddesg yn Ystafell Gyfweld 3 unwaith eto.

"Ga i fynd nawr, 'te?" gofynnodd Bryce, ond roedd ei lais yn awgrymu nad oedd llawer o ots ganddo beth oedd yn digwydd nesaf.

"Ddim eto, Nathaniel," atebodd Bedwyr. "Falle na wnest ti ddwyn y llun gwreiddiol, ond mi wnest ti drio twyllo Oriel Bangor, ac mae hynny yn erbyn y gyfraith. Ond ga i ofyn – pam mynd yr holl ffordd i Fangor i werthu'r llun? Does dim llefydd addas yn agosach i Amwythig?"

Gyda'i lygaid yn dal i syllu ar y bwrdd cododd Bryce ei ysgwyddau.

"Mae pobol yn nabod fi yn Amwythig," esboniodd. "Roedd Bangor yn teimlo'n ddigon pell i ffwrdd."

Meddyliodd Bedwyr am hyn am dipyn, cyn penderfynu ei fod yn derbyn yr esboniad.

"Bydd yn rhaid i ni aros i weld a fydd Mr Cadwaladr o Oriel Bangor eisiau cymryd y mater yma'n bellach," dywedodd ar ôl tipyn. "Ond ga i ofyn i ti, Nathaniel – dros y blynyddoedd diwetha yma, oes unrhyw beth arall wedi dy daro di ynglŷn â marwolaeth Montgomery Flitcroft? Roeddet ti'n agos ato fe; mae'n rhaid dy fod ti wedi mynd dros y peth yn dy feddwl gant o weithiau. Rwyt ti mor awyddus â ni i ddal y person laddodd e, mae'n siŵr."

Ochneidiodd Nathaniel Bryce yn ddwfn.

"Na, dim byd," atebodd. "Gwrandewch, roedd gan Monty ei feiau, dw i'n derbyn hynna. Roedd e'n dynn iawn gyda'i arian, ac roedd e'n gallu bod yn anodd. Ond does neb yn **haeddu** marw fel'na." Oedodd am dipyn cyn mynd ymlaen. "Galla i gofio popeth am y bore yna o hyd. Roedd popeth mor normal. Wnes i gyrraedd y tŷ ddeg munud yn hwyrach na'r arfer – ro'n i wedi bod allan y noson gynt, ac wedi cysgu'n hwyr. Roedd y drws ar gau, a wnes i ddefnyddio fy allwedd i'w agor e, a mynd yn syth i'r oriel. Dyna beth fyddai fe'n galw'r stafell fyw, a dyna lle roedd y rhan fwyaf o'i luniau. Byddai fe yno am oriau, yn eistedd yn dawel a mwynhau'r lluniau. A dyna lle roedd e, yn gorwedd wyneb i lawr ar y llawr. Roedd cefn ei ben wedi... wedi chwalu. Roedd gwaed ym mhob man. Es i ato fe, a galw'i enw. Ro'n i isie gwneud rhywbeth, isie helpu, ond pan wnes i gyffwrdd ag e, roedd e'n oer."

"A doedd dim byd arall?" **prociodd** Bedwyr wrth i Bryce dawelu.

"Na," atebodd. "Wel, roedd y llun diawledig 'na wedi mynd, sylwes i ar hynna. Roedd Monty yn gorwedd o flaen y wal lle oedd e'n hongian."

Edrychodd Bedwyr ar Daf. Yn amlwg, doedd gan y dyn ifanc ddim byd arall i'w ddweud.

"Nathaniel," meddai Bedwyr yn dawel. "Dw i'n gwybod fod pethau wedi bod yn anodd i ti dros y blynyddoedd diwetha. Ond cofia – mi wnest ti wahaniaeth i fywyd Montgomery Flitcroft. Mi welodd e rywbeth ynddot ti, a dw i'n siŵr ei fod e'n meddwl

---

haeddu – *to deserve* **procio** – *to poke*

---

cymaint ohonot ti ag oeddet ti ohono fe. Wedi'r cwbl, mi wnaeth e dy ddewis di i edrych ar ôl y pethau oedd yn bwysig iddo fe ar ôl iddo fe fynd."

Sychodd Nathaniel ei drwyn gyda chefn ei lawes.

"Basai'n well gen i tasai fe heb wneud," dywedodd yn dawel. "Basai'n well gen i tasai fe wedi gadael y cwbl i…"

Stopiodd yn sydyn, fel tasai **ar fin** dweud rhywbeth, ac edrych i fyny'n sydyn.

"I bwy?" gofynnodd Daf, yn **synhwyro** bod Nathaniel yn cadw rhywbeth iddo'i hun.

"Dim byd," daeth yr ateb.

"Nathaniel," dywedodd Daf, ar ôl rhoi moment o dawelwch iddo feddwl. "Os oes rhywbeth dwyt ti heb ddweud, nawr yw'r amser. Efallai ei fod e'n bwysig."

Eisteddodd Bryce am dipyn, yn cnoi ewin ei fawd, cyn ochneidio eto.

"Does dim ots nawr," meddai o'r diwedd. "Dyw e ddim yn bwysig. Roedd gan Monty nith, dyna i gyd. Merch ei frawd. Dw i ddim yn cofio'r enw."

Pwysodd Bedwyr ymlaen yn ei gadair.

"Nith?" gofynnodd. "Ddwedodd neb fod gan Flitcroft deulu."

"Do'n i ddim yn gwybod chwaith," atebodd Bryce. "Ddim tan chwe mis cyn iddo fe farw. Fi oedd yn agor y post, dych chi'n gweld. Daeth llythyr iddo fe wrth ei nith, yn dweud bod ei thad, brawd Monty, wedi marw."

"A beth oedd ymateb Mr Flitcroft i hynny?" gofynnodd Daf.

"Roedd e'n grac," dywedodd Bryce. "**Yn gandryll**. O beth

---

ar fin – *about to*	**synhwyro** – *to sense*
yn gandryll – *furious*	

wnes i ddeall roedd e a'i frawd wedi cael **ffrae** fawr flynyddoedd yn ôl, a heb siarad ers hynny. Doedd ganddo fe ddim syniad bod ganddo fe nith, hyd yn oed. Ond roedd e'n grac iawn ei bod hi wedi cysylltu. Daeth dau lythyr arall wedi hynny, a wnaeth e ymateb yn yr un ffordd – rhwygo'r llythyr yn ddarnau, a dweud doedd e ddim isie clywed mwy am y peth."

"A wnest ti ddim meddwl sôn am hyn cyn nawr?" gofynnodd Bedwyr, gyda **min** yn ei lais erbyn hyn.

"Na. Wel, do, ond…" straffaglodd Nathaniel i roi trefn ar ei eiriau. "Do'n nhw ddim yn rhan o'i fywyd e, a doedd Monty ddim yn meddwl amdanyn nhw fel teulu – doedd e ddim wedi cwrdd â'r ferch, hyd yn oed. Stopiodd y llythyron fisoedd cyn i Monty farw a... wnes i addo peidio dweud mwy am y peth a… wel, do'n i ddim isie torri fy ngair," gorffennodd **yn gloff**.

"Beth oedd eu henwau nhw?" gofynnodd Daf, gan godi ei bensel o'r ddesg. "Y brawd a'r nith?"

"Fel ddwedes i, dw i ddim yn cofio enw'r ferch," atebodd Nathaniel yn dawel. "Ond dw i'n meddwl taw enw ei thad hi, brawd Monty, oedd Edwin."

---

ffrae – *falling out* | **min** – *edge*

cloff – *lame*

16

"Elin Flitcroft," dywedodd Daf, wrth syllu ar sgrin ei gyfrifiadur. "Merch Edwin a Mari Flitcroft – Mari Lyons cyn iddi hi briodi. Dyna'r unig Edwin Flitcroft yn y system, a buodd e farw mis Gorffennaf 2013, chwe mis cyn i'w frawd gael ei ladd. Mae'n rhaid taw Elin yw nith Montgomery."

Ddaeth dim ymateb gan Bedwyr, a gwelodd Daf ei fod e'n eistedd yn llonydd wrth ei ddesg gyda'i lygaid ar gau.

"Syr?" gofynnodd yn dawel, yn amau bod y ditectif wedi syrthio i gysgu.

"Elin Flitcroft," dywedodd Bedwyr, gan agor ei lygaid yn sydyn. "A… beth ddwedest ti? Mari Lyons?" Trodd yn ei gadair i wynebu ei gyfrifiadur a dechrau teipio'n frysiog. Cododd Daf o'i sedd a symud yn agosach, gan edrych dros ysgwydd ei fòs. Roedd yn chwilio drwy ddogfennau'r achos, am ddatganiadau'r rhai oedd yn adnabod Montgomery Flitcroft.

"Edrycha," dywedodd Bedwyr, gan bwyntio at enw ar y sgrin. "Dynes lanhau Flitcroft. Yr un oedd ar wyliau pan gafodd ei ladd."

Darllenodd Daf yr enw yn uchel.

"Miss Sally Lyons."

17

"SALLY? MAE YMWELWYR yma i chi," dywedodd y nyrs.

Trodd yr hen ddynes yn ei chadair a gwenu'n llydan. Er bod yr ystafell yn gynnes roedd hi'n gwisgo cardigan wlân, ac roedd blanced dew dros ei choesau.

"Wel, wel," dywedodd, wrth edrych ar Bedwyr a Daf. "Dau ymwelydd! Anaml iawn bydda i'n cael un!"

"O, dewch nawr, Sally, bydd eich nith chi'n dod i'ch gweld chi pan fydd hi'n gallu." Trodd y nyrs at y ddau heddwas. "Mi wna i adael llonydd i chi."

Gwyliodd Sally Lyons y nyrs yn cerdded i ffwrdd, cyn estyn dan ei blanced am *vape* a thynnu arno. Pesychodd am dipyn, cyn rhoi'r peiriant yn ôl a chodi bys i'w gwefusau.

"Dw i ddim i fod i fêpio," sibrydodd. "Ond duw, wneith e ddim mwy o ddrwg." Tapiodd ei brest. "Cancr ar yr ysgyfaint. Dyna dych chi'n ei gael am smocio am ddeugain mlynedd." Gwenodd eto ar y ddau ddyn. "Ond dim ots am hynny, sut galla i'ch helpu chi?"

"Dych chi'n fy nghofio i, Miss Lyons?" gofynnodd Bedwyr, gan dynnu cadair yn agosach ac eistedd, tra bod Daf yn aros ar ei draed. "Bedwyr Campbell dw i, ro'n i'n gweithio ar achos marwolaeth eich cyflogwr chi, Montgomery Flitcroft?"

Fflachiodd rhyw olwg ryfedd dros wyneb yr hen ddynes, cyn diflannu eto.

"O... ie, dw i'n eich cofio chi," atebodd. "Dych chi'n fwy na dw i'n eich cofio chi!"

Gwenodd Bedwyr arni.

"Ydw, mae'n siŵr 'mod i," dywedodd. "Gwrandewch, wnawn ni ddim eich cadw chi'n hir. Ro'n i isie gofyn i chi am yr hen achos. Fasai hynny'n iawn?"

"Wel... basai, os galla i helpu," dywedodd Sally, gan oedi ychydig. "Ond roedd e'n amser hir yn ôl, a dyw 'nghof i ddim cystal erbyn hyn."

"Ie, dw i'n deall hynny," atebodd Bedwyr yn garedig. "Ond, 'dyn ni wedi dod ar draws gwybodaeth newydd yn ddiweddar. Gwybodaeth amdanoch chi... a'ch cysylltiad teuluol chi gyda Mr Flitcroft."

"Cysylltiad teuluol?" gofynnodd yr hen ddynes. "Na, mae arna i ofn eich bod chi'n anghywir. Glanhau iddo fe, dyna ro'n i'n ei wneud."

Sythodd Bedwyr ei dei cyn mynd ymlaen.

"Oeddech, mi roeddech chi'n glanhau. Ond 'dyn ni wedi dysgu heddiw bod eich chwaer chi, Mari Lyons, ac Edwin, brawd Mr Flitcroft, yn briod. Roedd e'n frawd i'ch brawd-yng-nghyfraith chi."

Syllodd Sally Lyons ar y ddau dditectif am dipyn cyn codi ei hysgwyddau.

"Ie, iawn. Roedd e'n perthyn, er, doedd Montgomery ddim yn gwybod hynny," atebodd. "A dw i'n cymryd taw'ch cwestiwn nesa chi fydd, 'oedd gen i unrhyw beth i'w wneud â'i farwolaeth e?' Wel, gadewch i fi arbed amser i chi. Does gen i ddim digon o amser ar ôl i'w dreulio'n dweud celwydd. Ie, fi laddodd e. Roedd e'n ddyn afiach, ac mae'r byd yn lle gwell hebddo fe. Dw i'n cyfaddef, ond wna i ddim ymddiheuro."

Edrychodd Daf ar Bedwyr yn syn, ond cadwodd hwnnw ei sylw ar y ddynes yn y gadair.

"Allwch chi esbonio pam?" gofynnodd. "Pam gwnaethoch chi ei ladd e?"

Ochneidiodd Sally, ac estyn eto am y *vape*. Ar ôl tynnu llond ysgyfaint o'r mwg a'i adael allan gan beswch, eisteddodd yn ôl yn ei chadair.

"Roedd Montgomery yn ddyn **haerllug**, **hunanol**," dywedodd. "Ond roedd Edwin, ei frawd, yn hyfryd. Dyn caredig, ffyddlon. Roedd Mari, fy chwaer, yn lwcus i'w briodi fe." Oedodd am eiliad, fel tasai hi'n cofio'r dyddiau da yn eu cwmni. "Beth bynnag, roedd Montgomery ac Edwin yn dod o deulu cyfoethog. Pan fuodd eu tad nhw farw, cafodd y ddau lawer o arian, ond perswadiodd Montgomery Edwin i **fuddsoddi** ei ran e o'r arian yn ei fusnes delio lluniau. Roedd y busnes yn llwyddiannus, ond yn rhyfedd, doedd byth digon o **elw** i dalu'r arian yn ôl i Edwin."

Daeth y *vape* allan eto, a thynnodd Sally arno'n galed.

"Beth bynnag, roedd Edwin yn gweithio'n galed, ac roedd e a Mari'n hapus. Yna fe syrthiodd Mari yn feichiog gydag Elin. Roedd y ddau wrth eu boddau, ond roedd yr enedigaeth yn gymhleth. Fe fuodd Mari farw." Daeth deigryn i lygad Sally, ond aeth yn ei blaen. "O hynny 'mlaen aeth pethau'n anoddach. Roedd Edwin yn dioddef o **iselder**, ac roedd dan straen yn magu plentyn ar ei ben ei hun.

"Mi wnes i beth o'n i'n gallu, ond roedd Edwin yn colli Mari'n ofnadwy. Dro ar ôl tro, gwrthododd Montgomery roi ceiniog iddyn nhw, er taw Edwin oedd wedi talu am ei lwyddiant e. Yn y diwedd, cafodd y ddau frawd ffrae fawr a gwrthododd

haerllug – *rude*	**hunanol** – *selfish*
buddsoddi – *to invest*	**elw** – *profit*
iselder – *depression*	

Montgomery siarad ag Edwin byth eto. Wel, straffaglodd Edwin 'mlaen, ac fe dyfodd Elin yn ddynes hyfryd. Ond gwnaeth y blynyddoedd adael eu marc ar Edwin druan, a rhyw ddeg mlynedd yn ôl, buodd e farw. A wyddoch chi be? Gwrthododd Montgomery ddod i'r angladd, hyd yn oed. Wnaeth Elin erfyn arno fe am dipyn bach o arian i brynu carreg fedd iawn i'w thad, ond wnaeth e ddim ateb, hyd yn oed. A'r holl arian oedd gydag e!"

Erbyn hyn roedd lliw coch wedi dod i fochau Sally Lyons, ac roedd ei hanadl yn fyr.

"Wel, ces i ddigon. Does gen i ddim teulu fy hun, ac ro'n i eisiau i Elin fod yn hapus, dyna'r cwbl. Symudais i i Aberystwyth, ond do'n i ddim yn gwybod beth ro'n i'n mynd i'w wneud eto. Ar ôl tipyn, clywes i fod Montgomery yn chwilio am rywun i lanhau iddo fe, ac fe wnes i'n siŵr 'mod i'n cael y swydd. Ac yna, un noson, dyma fi'n cymryd fy allwedd i a mynd i'r tŷ. Ro'n i eisiau cymryd rhywbeth oedd yn bwysig iddo, rhywbeth y baswn i'n gallu ei werthu a rhoi'r arian i Elin. Ond roedd e yno, cawson ni ffrae, a wnes i ei fwrw fe. Dw i'n gwybod y dylwn i deimlo'n euog, ond dych chi'n gwybod beth? Dw i ddim. Dim o gwbl."

Stopiodd i edrych ar Bedwyr.

"A dyna ni. Beth nawr, 'te, Ditectif Campbell? Dych chi'n mynd i fy arestio i? Gwnewch chi be liciwch chi. Fydda i ddim o gwmpas lot hirach."

Edrychodd Bedwyr arni am dipyn cyn gofyn cwestiwn.

"Beth ddigwyddodd i'r llun, Miss Lyons? Yr un gafodd ei ddwyn?"

"Y llun? Wel… werthes i fe," atebodd yr hen ddynes.

"I bwy? Pryd? A sut?" gofynnodd Bedwyr yn syth.

Agorodd Sally Lyons ei cheg i ateb, a'i gau eto'n syth, wrth iddi chwilio am ateb.

"A sut aethoch chi i dŷ Mr Flitcroft," aeth Bedwyr yn ei flaen, "pan oedd hanner cant o bobl ar drip Clwb Henoed Ceredigion yn mynnu eich bod chi yn Efrog ar y noson cafodd e'i ladd?"

Edrychodd Sally Lyons arno'n heriol, ond heb gynnig ateb i'w gwestiynau.

"Dw i'n deall pam eich bod chi mor awyddus i gymryd y bai," dywedodd Bedwyr ar ôl tipyn. "Ond dim chi oedd yng nghartre Montgomery Flitcroft y noson honno, Miss Lyons. Rhywun arall – rhywun oedd wedi benthyg eich allwedd chi. Rhywun oedd yn casáu Flitcroft fel roeddech chi'n ei gasáu e. Rhywun oedd yn teimlo ei fod wedi trin ei frawd, Edwin, yn ofnadwy o wael, ac wedi arwain at ei farwolaeth. Rhywun oedd yn rhan o'r cynllun yma ers y cychwyn. Rhywun oedd, fel chi, isie dysgu gwers i Montgomery Flitcroft. Merch Edwin. Eich nith chi. Elin Flitcroft."

18

Arhosodd Bedwyr a Daf gyda Sally Lyons nes i heddlu Bryste gyrraedd cartref Elin Flitcroft a'i harestio hi. Yn ôl y ddau gwnstabl oedd wedi mynd i'w chartref, roedd Miss Flitcroft wedi gwrando'n bwyllog ar y **cyhuddiad**, cyn cyfaddef – ie, hi oedd wedi lladd Montgomery Flitcroft, a dwyn *Tywyllwch y Fflamau*. Arweiniodd y plismyn i ystafell fyw ei bwthyn bychan a dangos y llun ar y wal uwchben y lle tân.

Cafodd Elin Flitcroft ei chadw yng ngorsaf heddlu Bryste dros nos. Yna, cafodd ei gyrru i Aberystwyth, i gael ei chyfweld gan Bedwyr a Daf.

Pan gerddodd y ddau heddwas i Ystafell Gyfweld 3, yr ystafell lle cafodd Nathaniel Bryce ei holi y diwrnod cynt, roedd Elin Flitcroft yn eistedd gyda'i chyfreithiwr. Roedd ei chefn yn syth a'i breichiau ar y bwrdd o'i blaen. Yn ôl nodiadau'r achos roedd hi'n chwe deg un oed, ond roedd hi'n edrych yn agosach at oed ei modryb, ei gwallt llwyd yn disgyn yn flêr am ei hysgwyddau a llinellau dwfn ar ei thalcen.

"Miss Flitcroft," dywedodd Bedwyr. "Ga i'ch galw chi'n Elin?"

"Cewch siŵr," daeth yr ateb yn syth. "Beth ddylwn i'ch galw chi?"

"Ditectif Bedwyr Campbell ydw i," atebodd Bedwyr. "A dyma Sarjant Daf Parker."

"Bedwyr a Daf, 'te," dywedodd Elin, gyda gwên.

---

cyhuddiad – *charge*

Rhoddodd Daf y casét yn y peiriant unwaith eto, a dechrau recordio.

"Cyfweliad gydag Elin Flitcroft," dywedodd. "Naw o'r gloch ar yr unfed ar hugain o Ionawr, 2024. Yn bresennol mae Miss Flitcroft, Ditectif Bedwyr Campbell a Sarjant Daf Parker. Hefyd yn bresennol mae cyfreithiwr Miss Flitcroft."

"Gregory James," dywedodd y cyfreithiwr. "A chyn i ni fynd dim pellach, dw i wedi rhoi cyngor i Miss Flitcroft i beidio ag ateb eich cwestiynau chi. Mae Miss Flitcroft am fynd yn erbyn y cyngor yma, ond hoffwn i roi'r cyngor iddi unwaith eto, cyn i ni gychwyn."

"Diolch, Mr James," dywedodd Bedwyr. "Miss Flitcroft, ydych chi'n hapus i fynd 'mlaen?"

"Ydw," atebodd hithau. "Yn berffaith hapus. Ond er mwyn arbed amser, gadewch i mi ateb hyn yn gynta. Pwy laddodd yr hen **ddiawl** yna? Fi. Do'n i ddim wedi bwriadu gwneud, wrth gwrs. Y syniad oedd mynd i'r tŷ a dwyn *Tywyllwch y Fflamau*, a diflannu."

"Unwaith eto, mae'n rhaid i mi roi'r cyngor..." torrodd y cyfreithiwr ar ei thraws, ond cododd Elin Flitcroft ei llaw i'w dawelu.

"O, bydd dawel, Gregory," **dwrdiodd**. "Lle ro'n i? O, ie. Ces i fenthyg allwedd Anti Sally, a gwneud yn siŵr ei bod hi'n bell i ffwrdd gyda digon o dystion, fel bod neb yn ei hamau hi. Es i i'r tŷ yn hwyr un noson, a gadael fy hun i mewn. Ro'n i'n meddwl y byddai'r hen ddyn yn ei wely, ond dyna lle roedd e, yn eistedd yn y stafell fyw ar ei ben ei hun, yn syllu ar y lluniau. A gwelais i *Tywyllwch y Fflamau* yn syth, yn hongian ar y wal. Dyna'r un ro'n i wedi dod i'w nôl."

---

diawl – *devil* **dwrdio** – *to scold*

"Pam oeddech chi isie dwyn *Tywyllwch y Fflamau*?" gofynnodd Daf.

Gwenodd Elin Flitcroft cyn ateb.

"Roedd Anti Sally wedi bod yn gwylio Montgomery yn dawel bach," dywedodd. "Fe ddwedodd hi taw hwnna oedd y peth roedd e'n ei garu'n fwy na dim. Ac ro'n i eisiau dwyn y peth yna, er mwyn i Montgomery beidio â'i fwynhau e byth eto. Ei ddwyn e, a'i hongian e yn fy stafell fyw i, i fi gael edrych arno fe a chofio 'mod i wedi **cael y gorau** ar Montgomery unwaith ac am byth."

"A beth ddigwyddodd wedyn?" gofynnodd Bedwyr.

"Pan welais i e, do'n i ddim yn siŵr beth i'w wneud. Wnaeth e ddim sylwi arna i i gychwyn, a wnes i ystyried dianc a mynd yn ôl rywbryd eto. Ond yn y diwedd cerddais i mewn i'r stafell a chyflwyno fy hun iddo fe. 'Fi ydy Elin, merch Edwin,' ddwedes i. Doedd Montgomery ddim yn gwybod beth i'w ddweud, wrth gwrs, ond mewn dim, dechreuodd e weiddi arna i i adael... bygwth, a dweud pethe **ffiaidd** am Dad. A dyna pryd wnes i wylltio. Y dyn yma, yr un oedd wedi achosi cymaint o boen i Dad, yn sefyll o 'mlaen i, yn sgrechian arna i. Y dyn oedd wedi gwrthod dod i angladd ei frawd ei hun, a gwrthod helpu i brynu carreg fedd, hyd yn oed. Alla i ddim dweud 'mod i wedi meddwl am y peth, go iawn, dim ond ei fwrw drosodd a throsodd, gyda'r fflachlamp fawr oedd gyda fi. A wnes i gario 'mlaen, hyd yn oed ar ôl iddo fe ddisgyn i'r llawr a stopio symud. Ac yna wnes i godi *Tywyllwch y Fflamau* o'r wal, a cherdded allan."

Eisteddodd Bedwyr a Daf yn ôl yn eu cadeiriau a meddwl am yr hyn roedden nhw newydd glywed. Anaml y byddai rhywun

---

cael y gorau (ar) – *to get the better (of)*

ffiaidd – *abhorrent, foul*

dan amheuaeth yn cyfaddef mor llawn yn wirfoddol.

"A dych chi'n dweud taw'ch bwriad chi oedd dwyn y llun yn unig?" gofynnodd Daf ar ôl tipyn. "Ddim i ymosod ar Mr Flitcroft?"

"Na," atebodd. "Dim ond y llun ro'n i eisiau. Byddai Montgomery yn gorfod edrych ar y lle gwag yna ar y wal bob dydd, dyna'r bwriad... yn trio dychmygu lle roedd ei drysor e, a meddwl fyddai e byth yn ei gael e'n ôl." Crafodd Elin ei thrwyn. "Mae'n biti ei fod e wedi marw cyn gweld hynny, mewn ffordd. Ond dyna ni. **Gwynt teg ar ei ôl** e."

Aeth y cyfweliad yn ei flaen am bron i dair awr arall, yn mynd dros fanylion yr **ymosodiad** a'r lladrad sawl gwaith, gydag Elin Flitcroft yn rhoi atebion llawn, parod, er gwaetha cyngor ei chyfreithiwr.

Tua amser cinio cyhoeddodd Bedwyr fod y cyfweliad ar ben **am y tro**. Gofynnodd i'r cwnstabl oedd yn gwarchod drws yr ystafell i fynd ag Elin Flitcroft yn ôl i'r **gell**, a gwneud yn siŵr ei bod hi'n cael rhywbeth i'w fwyta. Yna aeth Bedwyr a Daf i'r ffreutur ac eistedd wrth fwrdd yn y gornel, gan edrych ar ei gilydd. Doedd Bedwyr na Daf yn gwybod beth i'w ddweud.

"Wel," dywedodd Daf, gan dorri ar y tawelwch o'r diwedd. "Beth fydd yn digwydd nawr, chi'n meddwl?"

Chwythodd Bedwyr lond ysgyfaint o aer allan trwy ei ddannedd.

"Anodd gwybod," atebodd. "**Dynladdiad**, dim llofruddiaeth, os ydy'r **rheithgor** yn credu ei bod hi wedi mynd i gartre Flitcroft

---

gwynt teg ar ei ôl – *good riddance (literally: with a sweet wind to follow)*

ymosodiad – *assault*	**am y tro** – *for the time being*
cell – *cell*	**dynladdiad** – *manslaughter*
rheithgor – *jury*	

i ddwyn y llun yn unig. Carchar, yn bendant, ac am amser hir."

"A beth am Sally Lyons?" gofynnodd Daf. "Fydd hi'n cael ei chosbi, chi'n meddwl? Wedi'r cwbl, mi wnaeth hi chwarae rhan yn y cynllun hefyd."

Gwenodd Bedwyr, ond roedd golwg drist yn ei lygaid.

"Mae'r achosion yma'n gallu cymryd amser i fynd trwy'r llysoedd," meddai. "Ac fel mae Miss Lyons ei hun yn dweud, does dim llawer o amser ar ôl ganddi."

Eisteddodd Daf a Bedwyr a meddwl am dipyn.

"A *Tywyllwch y Fflamau*?" gofynnodd Daf. "Lle bydd hwnnw'n mynd?"

"Wel, Nathaniel Bryce ydy'r perchennog," atebodd Bedwyr. "Falle bydd angen i ni gadw gafael ar y llun fel tystiolaeth tan yr achos llys, ond ar ôl hynny **mi geith** e'r llun yn ôl." A gyda hynny, cododd Bedwyr o'i gadair. "Ond beth bynnag, gwaith da dros y dyddiau diwetha yma, Daf. Gair o gyngor i ti – mwynha'r llwyddiant pan wyt ti'n cael y cyfle. Nawr, aros di fan hyn i gadw'r bwrdd, ac mi wna i fynd i nôl cinio i ni'n dau."

Ond wrth aros i Bedwyr ddod yn ôl, y cwbl oedd ym meddwl Daf oedd y llun bach tywyll – y fflamau'n codi o'r goelcerth, a'r dorf yn sefyll ac yn gwylio'r boen a'r dioddef ar wyneb y ddynes ifanc. A doedd dim ond poen a dioddef wedi dilyn y llun o un perchennog i'r llall, meddyliodd, wrth i **gryndod** fynd i lawr ei asgwrn cefn.

"Pob lwc i ti, Nathaniel Bryce," dywedodd yn dawel wrtho'i hun. "Mae gen i deimlad y byddi di ei angen e."

---

mi geith = caiff **cryndod** – *shiver*

Geirfa

ael, aeliau – *eyebrow(s)*
am y tro – *for the time being*
amau – *to suspect*
amheuaeth, amheuon – *suspicion(s)*
amheus – *suspicious*
amlwg – *obvious*
Amwythig – *Shrewsbury*
anadl – *breath*
anaml – *seldom*
annioddefol – *unbearable*
ar ben ei ddigon – *as happy as can be (literally: on top of his everything)*
ar chwâl – *ruined, in bits*
ar fin – *about to*
ar y gair – *instantly (literally: on the word)*
arbennig o dda – *particularly good*
argraff – *impression*

bara garlleg – *garlic bread*
beichiog – *pregnant*
brathu – *to bite*
bregus – *fragile*
brifo = anafu
buddsoddi – *to invest*
bwyta be lici di a marwa pan ddylet ti – *eat what you like and die when you should*
bygwth – *to threaten*

cael gafael – *to get hold*
cael y gorau (ar) – *to get the better (of)*
cant y cant – *hundred percent*
cardfwrdd – *cardboard*
cegaid – *mouthful*
cell – *cell*
cipio – *to grab*
clawdd, cloddiau – *hedge(s)*
cloff – *lame*
cnoi – *to chew*
coelcerth – *bonfire*
crafiad, crafiadau – *scratch(es)*
crensian – *to crunch*
cryndod – *shiver*
crynu – *to shake*
cwbl – *all, everything*
cyfweld – *to interview*
cyffion – *handcuffs*
cyhuddiad – *charge*
cynfas, cynfasau – *canvas(es)*
cynhyrfu – *to get excited or agitated*
cynt – *previous*

degawd, degawdau – *decade(s)*
diawl – *devil*
diawledig – *diabolical*
diawlio'i hun – *to curse himself*
diddiwedd – *endless*
dieithryn – *stranger*
disglair – *bright*
disgyn – *to fall*
Duw a ŵyr – *God knows*
dwrdio – *to scold*
dynladdiad – *manslaughter*
dynol ryw – *human race*

eiddigeddus – *jealous, envious*
elw – *profit*

erfyn – *to beg, to implore*
estyn – *to reach*
etifedd – *heir*
etifeddu – *to inherit*
ewinedd – *nails*
ewyllys – *will*

ffiaidd – *abhorrent, foul*
fflachlamp – *torch*
fflam, fflamau – *flame(s)*
ffrae – *falling out*
ffug – *false*
ffyddlon – *faithful*

gadael llonydd – *to leave alone*
ganddi = gyda hi / gynni hi
ganddo = gyda fe / gynno fo
garw – *rough*
gobeithiol – *hopeful*
gwahodd – *to invite*
gwerdd = gwyrdd (benywaidd)
gwireddu – *make true, make (something) a reality*
gwneud ei orau glas – *to do his very best (literally: to do his blue best)*
gwynt teg ar ei ôl – *good riddance (literally: with a sweet wind to follow)*
gyrfa – *career*

haeddu – *to deserve*
haerllug – *rude*
hambwrdd – *tray*
hanner dwsin – *half a dozen*
heddwch – *peace*
heriol – *challenging*
hongian – *to hang*
hunanladdiad – *suicide*
hunanol – *selfish*
hynna – *that*
hynny – *that*

i'r golwg – *to hand (literally: to view)*
iselder – *depression*
isie = eisiau / isio

llawes – *sleeve*
llofnod – *signature*
llofruddiaeth – *murder*
llwytho – *to load*

mae arna i ofn – *I'm afraid*
marwolaeth – *death*
meddygol – *medical*
melltith – *curse*
mi geith = caiff
min – *edge*
mwmio – *to mumble*

nawr ac yn y man – *now and again*
nosi – *to become night*

o ddiddordeb – *of interest*
o'i le – *wrong (lit. out of place)*
ochneidio – *to sigh*

patholegydd – *pathologist*
pentwr – *pile*
polyn – *pole, stake*
porfa – *grass*
procio – *to poke*
pryder – *distress*
pwyso ymlaen – *to lean forward*

rhaffu celwyddau – *to lie (literally: to make a rope of lies)*
rheithgor – *jury*
rhiw = allt
rhwygo – *to rip*

saim – *fat, grease*
segur – *idle, unoccupied*
seimllyd – *greasy*
serchus – *amiable, cheerful*
sgarmes – *scrum*
sgôr hylendid – *hygiene score*
sgrechian – *to scream*
siwrnai – *journey*
straffaglu – *to struggle*
surbwch – *sullen, surly*
synhwyro – *to sense*

taw = mai
tebygol – *likely*
truenus – *pitiful*
trywanu – *to stab*
trywydd – *lead, trail; scent*
twyllo – *to trick, to deceive*
tyllog – *full of holes*
tystiolaeth – *evidence*
tywyllwch – *darkness*

warws – *warehouse*
wedi'r cwbl – *after all*
wrth law – *to hand*
wythdegau – *eighties*

ymchwiliad – *investigation*
ymholiad, ymholiadau – *enquiry (enquiries)*
ymosodiad – *assault*
yn frysiog – *hurriedly*
yn gandryll – *furious*
yn gyfan gwbl – *completely*
ysgoloriaeth – *scholarship*
ysgyfaint – *lungs*
ystyried – *to consider*

Hefyd gan yr un awdur:

£8.99

AR
LWYBR
DIAL
'Nofel sy'n werth colli cwsg drosti.'
Richard Harrington
ALUN DAVIES

£8.99

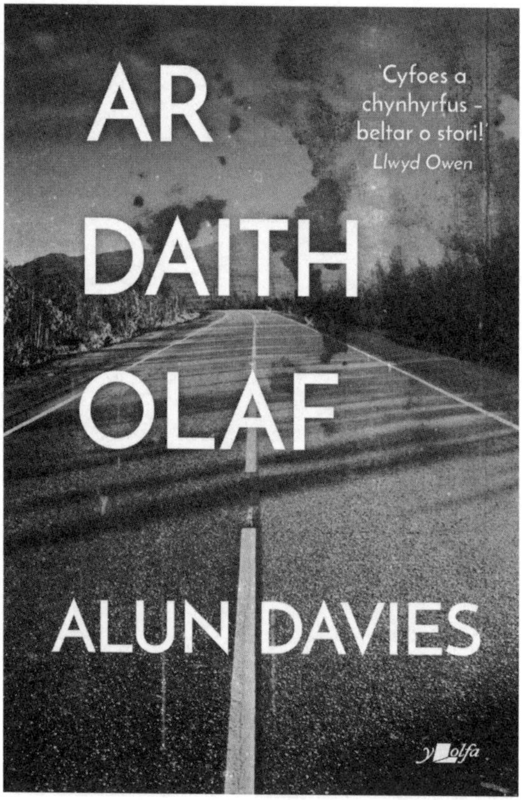
AR
DAITH
OLAF
'Cyfoes a
chynhyrfus -
beltar o stori!'
Llwyd Owen
ALUN DAVIES
y Lolfa

£8.99

ALUN DAVIES
PWY YW MOSES JOHN?
'Mi wnes i ei llowcio hi mewn un eisteddiad.'
Aled Hughes
y lolfa

£9.99

Hefyd yng nghyfres Amdani:

£7.99

Cawl
A STRAEON ERAILL
Sarah Reynolds · Mared Lewis · Mihangel Morgan
Lleucu Roberts · Ifan Morgan Jones · Euron Griffith
Cefin Roberts · Dana Edwards
y Lolfa

£7.99